莎士比亚全集·中文本（典藏版）
William Shakespeare: Complete Works

［英］威廉·莎士比亚（William Shakespeare）著
辜正坤 主编／李华英 译

冬天的故事

The Winter's Tale

外语教学与研究出版社
北京

京权图字：01-2016-5004

图书在版编目 (CIP) 数据

冬天的故事 ／（英）威廉·莎士比亚（William Shakespeare）著 ；李华英译.
北京：外语教学与研究出版社，2024. 6. --（莎士比亚全集 ／ 辜正坤主编）.
ISBN 978-7-5213-5330-3

I. I561.33

中国国家版本馆 CIP 数据核字第 2024L7M714 号

冬天的故事
DONGTIAN DE GUSHI

出 版 人	王　芳
项目负责	邢印姝　郭芮萱
责任编辑	都楠楠
责任校对	宋微微
封面设计	张　潇
出版发行	外语教学与研究出版社
社　　址	北京市西三环北路 19 号（100089）
网　　址	https://www.fltrp.com
印　　刷	三河市紫恒印装有限公司
开　　本	710×1000　1/16
印　　张	11
字　　数	176 千字
版　　次	2024 年 6 月第 1 版
印　　次	2024 年 6 月第 1 次印刷
书　　号	ISBN 978-7-5213-5330-3
定　　价	68.00 元

如有图书采购需求，图书内容或印刷装订等问题，侵权、盗版书籍等线索，请拨打以下电话或关注官方服务号：
客服电话：400 898 7008
官方服务号：微信搜索并关注公众号"外研社官方服务号"
外研社购书网址：https://fltrp.tmall.com

物料号：353300001

出版说明

1623 年，莎士比亚的演员同僚们倾注心血结集出版了历史上第一部《莎士比亚全集》——著名的第一对开本，这是三百多年来许多导演和演员最为钟爱的莎士比亚文本。2007 年，由英国皇家莎士比亚剧团（Royal Shakespeare Company）推出的《莎士比亚全集》，则是对第一对开本首次全面的修订。

本套《莎士比亚全集》新汉译本，正是依据当今莎学界最负声望的皇家版《莎士比亚全集》翻译而成。译本的凡例说明如下：

一、**文体**：剧文有诗体和散体之分。未及最右行末即转行的为诗体。文字连排、直至最右行末转行的，则为散体。

二、**舞台提示**：

1）角色的上场与下场及其他舞台提示以仿宋体排出，穿插于剧文中的舞台提示以圆括号进行标注，如：（对亨利王子）。

2）舞台提示中的特殊符号。译本所依据的皇家版《莎士比亚全集》的编辑者对舞台提示中的不确定情形以特殊符号予以标注，译本亦保留了这些符号：如（旁白？）表示某行剧文既可作为旁白，亦可当作对话；又如某个舞台活动置于箭头 ↓↓ 之间，表示它可发生在一场戏中的多个不同时刻。

三、**脚注**：脚注中除标注有"译者附注"字样的，均译自或改编自皇家版《莎士比亚全集》注释。脚注多为对剧文中背景知识及专名的解释，以使读者更好地理解剧情；亦包含部分与英文原文相关的脚注，以使读者在品味译者的佳文时，亦体验到英文原文的精妙。

　　四、文本： 译本以第一对开本为蓝本，部分剧目中四开本与之明显相异的段落亦有译出，附于正文之后，供读者参考。

　　此《莎士比亚全集》新汉译本历经策划、翻译、编辑加工和印装等工序，各个环节的参与者均竭尽全力，力求完美，但由于水平、精力所限，难免有所错漏，敬请广大读者赐教指正。

外语教学与研究出版社

综合出版事业部

莎士比亚诗体重译集序

辜正坤

他非一代骚人，实属万古千秋。

这是英国大作家本·琼森（Ben Jonson）在第一部《莎士比亚全集》（*Mr. William Shakespeares Comedies, Histories, & Tragedies*, 1623）扉页上题诗中的诗行。三百多年来，莎士比亚在全球逐步成为一个家喻户晓的名字，似乎与这句预言在在呼应。但这并非偶然言中，有许多因素可以解释莎士比亚这一巨大的文化现象产生的必然性。最关键的，至少有下面几点。

首先，其作品内容具有惊人的多样性。世界上很难有第二个作家像莎士比亚这样能够驾驭如此广阔的题材。他的作品内容几乎无所不包，称得上英国社会的百科全书。帝王将相、走卒凡夫、才子佳人、恶棍屠夫……一切社会阶层都展现于他的笔底。从海上到陆地，从宫廷到民间，从国际到国内，从灵界到凡尘……笔锋所指，无处不至。悲剧、喜剧、历史剧、传奇剧、叙事诗、抒情诗……都成为他显示天才的文学样式。从哲理的韵味到浪漫的爱情，从盘根错节的叙述到一唱三叹的诗思，波涛汹涌的情怀，妙夺天工的笔触，凡开卷展读者，无不为之拊掌称绝。即使只从莎士比亚使用过的海量英语词汇来看，也令人产生仰之弥高的感觉。德国语言学家马克斯·缪勒（Max Müller）原以为莎士比亚使用过的词汇最多为 15,000 个，事后证明这当然是小看了语言大师的词汇储藏量。美国教授爱德华·霍尔登（Edward Holden）经过一番考察后，认为至少达 24,000 个。可是他哪里知道，这依然是一种低估。有学者甚至声称用电脑检索出莎士比亚用的词汇多达 43,566 个！当然，这些数据还不是莎士比亚作品之所以产生空前影响的关键因素。

其次，但也许是更重要的原因：他的作品具有极高的娱乐性。文学作品的生命力在于它能寓教于乐。莎士比亚的作品不是枯燥的说教，而是能够给予读者或观众极大艺术享受的娱乐性创造物，往往具有明显的煽情效果，有意刺激人的欲望。这种艺术取向当然不是纯粹为了娱乐而娱乐，掩藏在背后的是当时西方人强有力的人本主义精神，即用以人为本的价值观来对抗欧洲上千年来以神为本的宗教价值观。重欲望、重娱乐的人本主义倾向明显对重神灵、重禁欲的神本主义产生了极大的挑战。当然，莎士比亚的人本主义与中国古人所主张的人本主义有很大的区别。要而言之，前者在相当大的程度上肯定了人的本能欲望或原始欲望的正当性，而后者则主要强调以人的仁爱为本规范人类社会秩序的高尚的道德要求。二者都具有娱乐效果，但前者具有纵欲性或开放性娱乐效果，后者则具有节欲性或适度自律性娱乐效果。换句话说，对于 16、17 世纪的西方人来说，莎士比亚的作品暗中契合了试图挣脱过分禁欲的宗教教义的约束而走向个性解放的千百万西方人的娱乐追求，因此，它会取得巨大成功是势所必然的。

第三，时势造英雄。人类其实从来不缺善于煽情的作手或视野宏阔的巨匠，缺的常常是时势和机遇。莎士比亚的时代恰恰是英国文艺复兴思潮达到鼎盛的时代。禁欲千年之久的欧洲社会如堤坝围裹的宏湖，表面上浪静风平，其底层却汹涌着决堤的纵欲性暗流。一旦湖堤洞开，飞涛大浪呼卷而下，浩浩汤汤，汇作长河，而莎士比亚恰好是河面上乘势而起的弄潮儿，其迎合西方人情趣的精湛表演，遂赢得两岸雷鸣般的喝彩声。时势不光涵盖社会发展的总趋势，也牵连着别的因素。比如说，文学或文化理论界、政治意识形态对莎士比亚作品理解、阐释的多样性与莎士比亚作品本身内容的多样性产生相辅相成的效果。"说不尽的莎士比亚"成了西方学术界的口头禅。西方的每一种意识形态理论，尤其是文学理论，要想获得有效性，都势必会将阐释莎士比亚的作品作为试金石。17 世纪初的人文主义，18 世纪的启蒙主义，19 世纪的浪漫主义，20世纪的现实主义或批判现实主义，都不同程度地、选择性地把莎士比亚作品作为阐释其理论特点的例证。也许 17 世纪的古典主义曾经阻遏过西方人对莎士比亚作品的过度热情，但是 19 世纪的浪漫主义流派却把莎士比亚作品推崇到无以复加的崇高地位，莎士比亚俨然成了西方文学的神灵。20 世纪以来，西方资本主义阵营和社会主义阵营可以说在意识形态的各个方面都互相对立，势同水火，可是在对待莎士比亚的问题上，居然有着惊人的共识与默契。不用说，社会主义阵营的立场与社会主义理论的创始人马克思（Karl Marx）、恩格斯（Friedrich Engels）个人的审美情趣息息相关。马克思一家都是莎士比亚的粉丝；马克思称莎士比亚为"人类最伟大的天才之一，人类文学奥林波斯山上的宙斯"！他号召作家们要更加莎士比亚化。恩格斯甚至指出："单是《快乐的温莎巧妇》[1]的第一幕就比全部德国文学包含着更多的生活气息。"不用说，这些话多多少少有某种程度的文学性夸张，但对莎士比亚的崇高地位来说，却无疑产生了极大的推动作用。

第四，1623 年版《莎士比亚全集》奠定莎士比亚崇拜传统。这个版本即眼前译本所依据的皇家版《莎士比亚全集》（*The RSC William Shakespeare: Complete Works*, 2007）的主要内容。该版本产生于莎士比亚去世的第七年。莎士比亚的舞台同仁赫明奇（John Heminge）和康德尔（Henry Condell）整理出版了第一部莎士比亚戏剧集。当时的大学者、大

1　英文剧名为 The Merry Wives of Windsor，朱生豪先生译作《温莎的风流娘儿们》；重译本综合考虑剧情和英文书名，译作《快乐的温莎巧妇》。

作家本·琼森为之题诗，诗中写道："他非一代骚人，实属万古千秋。"这个调子奠定了莎士比亚偶像崇拜的传统。而这个传统一旦形成，后人就难以反抗。英国文学中的莎士比亚偶像崇拜传统已经形成了一种自我完善、自我调整、自我更新的机制。至少近两百年来，莎士比亚的文学成就已被宣传成世界文学的顶峰。

第五，现在署名"莎士比亚"的作品很可能不只是莎士比亚一个人的成果，而是凝聚了当时英国若干戏剧创作精英的团体努力。众多大作家的智慧浓缩在以"莎士比亚"为代号的作品集中，其成就的伟大性自然就获得了解释。当然，这最后一点只是莎士比亚研究界若干学者的研究性推测，远非定论。有的莎士比亚著作爱好者害怕一旦证明莎士比亚不是署名为"莎士比亚"的著作的作者，莎士比亚的著作便失去了价值，这完全是杞人忧天。道理很简单，人们即使证明了《红楼梦》的作者不是曹雪芹，或《三国演义》的作者不是罗贯中，也丝毫不影响这些作品的伟大价值。同理，人们即使证明了《莎士比亚全集》不是莎士比亚一个人创作的，也丝毫不会影响《莎士比亚全集》是世界文学中的伟大作品这个事实，反倒会更有力地证明这个事实，因为集体的智慧远胜于个人。

皇家版《莎士比亚全集》译本翻译总思路

横亘于前的这套新译本，是依据当今莎学界最负声望的皇家版《莎士比亚全集》进行翻译的，而皇家版又正是以本·琼森题过诗的 1623 年版《莎士比亚全集》为主要依据。

这套译本是在考察了中国现有的各种译本后，根据新的历史条件和新的翻译目的打造出来的。其总的翻译思路是本套译本主编会同外语教学与研究出版社的相关领导和责任编辑讨论的结果。总起来说，皇家版《莎士比亚全集》译本在翻译思路上主要遵循了以下几条：

1. 版本依据。如上所述，本版汉译本译文以英国皇家版《莎士比亚全集》为基本依据。但在翻译过程中，译者亦酌情参阅了其他版本，以增进对原作的理解。

2. 翻译内容包括：内页所含全部文字。例如作品介绍与评论、正文、注释等。

3. 注释处理问题。对于注释的处理：1）翻译时，如果正文译文已经将英文版某注释的基本含义较准确地表达出来了，则该注释即可取消；2）如果正文译文只是部分地将英文版对应注释的基本含义表达出来，则该注释可以视情况部分或全部保留；3）如果注释本身存疑，可以在保留原注的情况下，加入译者的新注。但是所加内容务必有理有据。

4. 翻译风格问题。对于风格的处理：1）在整体风格上，译文应该尽量逼肖原作整体风格，包括以诗体译诗体，以散体译散体；2）在具体的文字传输处理上，通常应该注重汉译本身的文字魅力，增强汉译本的可读性。不宜太白话，不宜太文言；文白用语，宜尽量自然得体。句子不要太绕，注意汉语自身表达的句法结构，尤其是其逻辑表达方式。意义的异化性不等于文字形式本身的异化性，因此要注意用汉语的归化性来传输、保留原作含义的异化性。朱生豪先生的译本语言流畅、可读性强，但可惜不是诗体，有违原作形式。当下译本是要在承传朱先生译本优点的基础上，根据新时代的读者审美趣味，取得新的进展。梁实秋先生等的译本，在达意的准确性上，比朱译有所进步，也是我们应该吸纳的优点。但是梁译文采不足，则须注意避其短。方平先生等的译本，也把莎士比亚翻译往前推进了一步，在进行大规模诗体翻译方面作出了宝贵的尝试，但是离真正的诗体尚有距离。此外，前此的所有译本对于莎士比亚原作的色情类用语都有程度不同的忽略，本套皇家版译本则尽力在此方面还原莎士比亚的本真状态（论述见后文）。其他还有一些译本，亦都应该受到我们的关注，处理原则类推。每种译本都有自己独特的东西。我们希望美的译文是这套译本的突出特点。

5.借鉴他种汉译本问题。凡是我们曾经参考过的较好的译本，都在适当的地方加以注明，承认前辈译者的功绩。借鉴利用是完全必要的，但是要正大光明，避免暗中抄袭。

6.具体翻译策略问题特别关键，下文将其单列进行陈述。

莎士比亚作品翻译领域大转折：真正的诗体译本

莎士比亚首先是一个诗人。莎士比亚的作品基本上都以诗体写成。因此，要想尽可能还原本真的莎士比亚，就必须将莎士比亚作品翻译成为诗体而不是散文，这在莎学界已经成为共识。但是紧接而来的问题是：什么叫诗体？或需要什么样的诗体？

按照我们的想法：1）所谓诗体，首先是措辞上的诗味必须尽可能浓郁；2）节奏上的诗味（包括分行）等要予以高度重视；3）结合中国人的审美习惯，剧文可以押韵，也可以不押韵。但不押韵的剧文首先要满足前两个要求。

本全集翻译原计划由笔者一个人来完成。但是，莎士比亚的创作具有惊人的多样性，其作品来源也明显具有莎士比亚时代若干其他作家与作品的痕迹，因此，完全由某一个译者翻译成一种风格，也许难免偏颇，难以和莎士比亚风格的多样性相呼应。所以，集众人的力量来完成大业，应该更加合理，更加具有可操作性。

具体说来，新时代提出了什么要求？简而言之，就是用真正的诗体翻译莎士比亚的诗体剧文。这个任务，是朱生豪先生无法完成的。朱先生说过，他在翻译莎士比亚作品时，"当然预备全部用散文译出，否则将要了我的命"。[1] 显然，朱先生也考虑过用诗体来翻译莎士比亚著作的问题，但是他的结论是：第一，靠单独一个人用诗体翻译《莎士比亚全集》是办不到的，会因此累死；第二，他用散文翻译也是不得已的办法，因为只有这样他才有可能在有生之年完成《莎士比亚全集》的翻译工作。

将《莎士比亚全集》翻译成诗体比翻译成散文体要难得多。难到什么程度呢？和朱生豪先生的翻译进度比较一下就知道了。朱先生翻译得最快的时候，一天可以翻译一万字。[2] 为什么会这么快？朱先生才华过人，这当然是一个因素，但关键因素是：他是用散文翻译的。用真正的诗体就不一样了。以笔者自己的体验，今日照样用散文翻译莎士比亚剧本，最快时也可达到每日一万字。这是因为今日的译者有比以前更完备的注释本和众多的前辈汉译本作参考，至少在理解原著时，要比朱先生当年省力得多，所以翻译速度上最高达到一万字是不难的。但是翻译成诗体就是另外一回事了。这比自己写诗还要难得多。写诗是自己随意发挥，译诗则必须按照别人的意思发挥，等于是戴着镣铐跳舞。笔者自己写诗，诗兴浓时，一天数百行都可以写得出来，但是翻译诗，一天只能是几十行，统计成字数，往往还不到一千字，最多只是朱生豪先生散文翻译速度的十分之一。梁实秋先生翻译《莎士比亚全集》用的也是散文，但是也花了 37 年，如果要翻译成真正的诗体，那么至少得 370 年！由此可见，真正的诗体《莎士比亚全集》汉译本的诞生，有多么艰难。此次笔者约稿的各位译者，都是用诗体翻译，并且都表示花费了大量的时间，

---

1 见朱生豪大约在 1936 年夏致宋清如信："今天下午，我试译了两页莎士比亚，还算顺利，不过恐怕终于不过是 Poor Stuff 而已。当然预备全部用散文译出，否则将要了我的命。"（《伉俪：朱生豪宋清如诗文选》下卷，中国青年出版社，2013 年，第 94 页）

2 朱生豪："今天因为提起了精神，却很兴奋，晚上译了六千字，今天一共译一万字。"（同上，第 101 页）

皇家版《莎士比亚全集》译本凝聚了诸位译者的多少努力，也就不言而喻了。

翻译诗体分辨：不是分了行就是真正的诗

　　主张将莎士比亚剧作翻译成诗体成了共识，但是什么才是诗体，却缺乏共识。在白话诗盛行的时代，许多人只是简单地认定分了行的文字就是诗这个概念。分行只是一个初级的现代诗要求，甚至不必是必然要求，因为有些称为诗的文字甚至连分行形式都没有。不过，在莎士比亚作品的翻译上，要让译文具有诗体的特征，首先是必定要分行的，因为莎士比亚原作本身就有严格的分行形式。这个不用多说。但是译文按莎士比亚的方式分了行，只是达到了一个初级的低标准。莎士比亚的剧文读起来像不像诗，还大有讲究。

　　卞之琳先生对此是颇有体会的。他的译本是分行式诗体，但是他自己也并不认为他译出的莎士比亚剧本就是真正的诗体译本。他说：读者阅读他的译本时，"如果……不感到是诗体，不妨就当散文读，就用散文标准来衡量"。[1] 这是一个诚实的译者说出的诚实话。不过，卞先生很谦虚，他有许多剧文其实读起来还是称得上诗体的。原因是什么？原因是他注意到了笔者上文提到的两点：第一，诗的措辞；第二，诗的节奏。只不过他迫于某些客观原因，并没有自始至终侧重这方面的追求而已。

　　显然，一些译本翻译了莎士比亚的剧文，在行数上靠近莎士比亚原作，措辞也还流畅。这些是不是就是理想的诗体莎士比亚译本呢？笔者认为，这还不够。什么是诗，对于中国人来说有几千年的历史，我们不

1　卞之琳：《莎士比亚悲剧四种》，方志出版社，2007 年，第 4 页。

能脱离这个悠久的传统来讨论这个问题。为此，我们不得不重新提到一些基本概念：什么是诗？什么是诗歌翻译？

诗歌是语言艺术，诗歌翻译也就必须是语言艺术

讨论诗歌翻译必须从讨论诗歌开始。

诗主情。诗言志。诚然。但诗歌首先应该是一种精妙的语言艺术。同理，诗歌的翻译也就不得不首先表现为同类精妙的语言艺术。若译者的语言平庸而无光彩，与原作的语言艺术程度差距太远，那就最多只是原诗含义的注释性文字，算不得真正的诗歌翻译。

那么，何谓诗歌的语言艺术？

无他，修辞造句、音韵格律一整套规矩而已。无规矩不成方圆，无限制难成大师。奥运会上所有的技能比赛，无不按照特定的规矩来显示参赛者高妙的技能。德国诗人歌德（Johann Wolfgang von Goethe）《自然和艺术》（"Natur und Kunst"）一诗最末两行亦彰扬此理：

非限制难见作手，

唯规矩予人自由。[1]

艺术家的"自由"，得心应手之谓也。诗歌既为语言艺术，自然就有一整套相应的语言艺术规则。诗人应用这套规则时，一旦达到得心应手的程度，那就是达到了真正成熟的境界。当然，规矩并非一点都不可打破，但只有能够将规矩使用到随心所欲而不逾矩的程度的人，才真正有资格去创立新规矩，丰富旧规矩。创新是在承传旧规则长处的基础上来进行的，而不是完全推翻旧规则，肆意妄为。事实证明，在语言艺术上

1　In der Beschränkung zeigt sich erst der Meister, / Und das Gesetz nur kann uns Freiheit geben. 参见 http://www.business-it.nl/files/7d413a5dca62fc735a072b16fbf050b1-27.php.

凡无视积淀千年的诗歌语言规则，随心所欲地巧立名目、乱行胡来者，
永不可能在诗歌语言艺术上取得大的成就，所以歌德认为：

> 若徒有放任习性，
>
> 则永难至境遨游。[1]

诗歌语言艺术如此需要规则，如此不可放任不羁，诗歌的翻译自然
也同样需要相类似的要求。这个要求就是笔者前面提出的主张：若原诗
是精妙的语言艺术，则理论上说来，译诗也应是同类精妙的语言艺术。

但是，"同类"绝非"同样"。因为，由于原作和译作使用的语言载
体不一样，其各自产生的语言艺术规则和效果也就各有各的特点，大多
不可同样复制、照搬。所以译作的最高目标，是尽可能在译入语的语言
艺术领域达到程度大致相近的语言艺术效果。这种大致相近的艺术效果
程度可叫作"最佳近似度"。它实际上也就是一种翻译标准，只不过针
对不同的文类，最佳近似度究竟在哪些因素方面可最佳程度地（并不一
定是最大程度地）取得近似效果，不是一成不变的，而是具有高度的灵
活性。不同的文类，甚至针对不同的受众，我们都可以设定不同的最佳
近似度。这点在拙著《中西诗比较鉴赏与翻译理论》（清华大学出版社，
2010 年）的相关章节中有详细的厘定，此不赘。

话与诗的关系：话不是诗

古人的口语本来就是白话，与现在的人说的口语是白话一个道理。

---

1 Vergebens werden ungebundene Geister / Nach der Vollendung reiner Höhe streben.
  参 见 http://www.cosmiq.de/qa/show/3454062/Vergebens-werden-ungebundne-Geister-
  Nach-der-Vollendung-reiner-Hoehe-streben-Was-ist-die-Bedeutung-dieser-2-Verse-Ich-komm-
  nicht-drauf/t.

正因为白话太俗，不够文雅，古人慢慢将白话进行改进，使它更加规范、更加准确，并且用语更加丰富多彩，于是文言产生。在文言的基础上，还有更文的文字现象，那就是诗歌，于是诗歌产生。所以就诗歌而言，文言味实际上就是一种特殊的诗味。文言有浅近的文言，也有佶屈聱牙的文言。中国传统诗歌绝大多数是浅近的文言，但绝非口语、白话。诗中有话的因素，自不待言，但话的因素往往正是诗试图抑制的成分。

文言和诗歌的产生是低俗的口语进化到高雅、准确层次的标志。文言和诗歌的进一步发展使得语言的艺术性愈益增强。最终，文言和诗歌完成了艺术性语言的结晶化定型。这标志着古代文学和文学语言的伟大进步。《诗经》、楚辞、唐诗、宋词、元明戏曲，以及从先秦、汉、唐、宋、元至明清的散文等，都是中国语言艺术逐步登峰造极的明证。

人们往往忘记：话不是诗，诗是话的升华。话据说至少有**几十万年**的历史，而诗却只有**几千年**的历史。白话通过漫长的岁月才升华成了诗。因此，从理论上说，白话诗不是最好的诗，而只是低层次的、初级的诗。当一行文字写得不像是话时，它也许更像诗。"太阳落下山去了"是话，硬说它是诗，也只是平庸的诗，人人可为。而同样含义的"白日依山尽"不像是话，却是真正的诗，非一般人可为，只有诗人才写得出。它的语言表达方式与一般人的通用白话脱离开来了，实现了与通用语的偏离（deviation from the norm）。这里的通用语指人们天天使用的白话。试想把唐诗宋词译成白话，还有多少诗味剩下来？

谢谢古代先辈们一代又一代、不屈不挠的努力，话终于进化成了诗。

但是，20 世纪初一些激进的中国学者鼓荡起一场声势浩大的白话文运动。

客观说来，用白话文来书写、阅读自然科学和人文科学文献，例如哲学、政治学、伦理学、经济学等等文献，这都是**伟大的进步**。这个进步甚至可以上溯到八百多年前朱熹等大学者用白话体文章传输理学思想。对此笔者非常拥护，非常赞成。

但是约一百年前的白话诗运动却未免走向了极端，事实上是一种语言艺术方面的倒退行为。已经高度进化的诗词曲形式被强行要求返祖回归到三千多年前的类似白话的状态，已经高度语言艺术化了的诗被强行要求退化成话。艺术性相对较低的白话反倒成了正统，艺术性较高的诗反倒成了异端。其实，容许口语类白话诗和文言类诗并存，这才是正确的选择。但一些激进学者故意拔高白话地位，在诗歌创作领域搞成白话至上主义，这就走上了极端主义道路。

这个运动影响到诗歌翻译的结果是什么呢？结果是西方所有的大诗人，不论是古代的还是近代的，如荷马（Homer）、但丁（Dante）、莎士比亚、歌德、雨果（Victor Hugo）、普希金（Alexander Pushkin）……都莫名其妙地似乎用同一支笔写出了 20 世纪初才出现的味道几乎相同的白话文汉诗！

将产生这种极端性结果的原因再回推，我们会清楚地明白，当年的某些学者把文学艺术简单雷同于人文社会科学，误解了文学艺术，尤其是诗歌艺术的特殊性质，误以为诗就是话，混淆了诗与话的形式因素。

针对莎士比亚戏剧诗的翻译对策

由上可知，莎士比亚的剧文既然大多是格律诗，无论有韵无韵，它们都是诗，都有格律性。因此在汉译中，我们就有必要显示出它具有格律性，而这种格律性就是诗性。

问题在于，格律性是附着在语言形式上的；语言改变了，附着其上的格律性也就大多会消失。换句话说，格律大多不可复制或模仿，这就正如用钢琴弹不出二胡的效果，用古筝奏不出黑管的效果一样。但是，原作的内在旋律是可以模仿的，只是音色变了。原作的诗性是可以换个形式营造的，这就是利用汉语本身的语言特点营造出大略类似的语言艺术审美效果。

由于换了另外一种语言媒介，原作的语音美设计大多已经不能照搬、复制，甚至模拟了，那么我们就只好断然舍弃掉原作的许多语音美设计，而代之以译入语自身的语言艺术结构产生的语音美艺术设计。当然，原作的某些语音美设计还是可以尝试模拟保留的，但在通常的情况下，大多数的语音美已经不可能传输或复制了。

利用汉语本身的语音审美特点来营造莎士比亚诗歌的汉译语音审美效果，是莎士比亚作品翻译的一个有效途径。机械照搬原作的语音审美模式多半会失败，并且在大多数的场合下也没有必要。

具体说来，这就涉及翻译莎士比亚戏剧作品时该如何处理：1）节奏；2）韵律；3）措辞。笔者主张，在这三个方面，我们都可以适当借鉴利用中国古代词曲体的某些因素。戏剧剧文中的诗行一般都不宜多用单调的律诗和绝句体式。元明戏剧为什么没有采用前此盛行的五言或七言诗行而采用了长短错杂、众体皆备的词曲体？这是一种艺术形式发展的必然。元明曲体由于要更好更灵活地满足抒情、叙事、论理等诸多需要，故借用发展了词的形式，但不是纯粹的词，而是融入了民间语汇。词这种形式涵盖了一言、二言、三言、四言、五言、六言、七言、八言……乃至十多言的长短句式，因此利于表达变化莫测的情、事、理。从这个意义上看，莎士比亚剧文语言单位的参差不齐状态与中文词曲体句式的参差不齐状态正好有某种相互呼应的效果。

也许有人说，莎士比亚的剧文虽然是格律诗，但并不怎么押韵，因此汉诗翻译也就不必押韵。这个说法也有一定道理，但是道理并不充实。

首先，我们应该明白，既然莎士比亚的剧文是诗体，人们读到现今的散体译文或不押韵的分行译文却难以感受到其应有的诗歌风味，原因即在于其音乐性太弱。如果人们能够照搬莎士比亚素体诗所惯常用的音步效果及由此引起的措辞特点，当然更好。但事实上，原作的节奏效果是印欧语系语言本身的效果，换了一种语言，其效果就大多不能搬用了，所以我们只好利用汉语本身的优势来创造新的音乐美。这种音乐美很难说是原作的音乐美，但是它毕竟能够满足一点：即诗体剧文应该具有诗歌应有的音乐美这个起码要求。而汉译的押韵可以强化这种音乐美。

其次，莎士比亚的剧文不押韵是由诸多因素造成的。第一，属于印欧语系语言的英语在押韵方面存在先天的多音节不规则形式缺陷，导致押韵词汇范围相对较窄。所以对于英国诗人来说，很苦于押韵难工；莎士比亚的许多押韵体诗，例如十四行诗，在押韵方面都不很工整。其次，莎士比亚的剧文虽不押韵，却在节奏方面十分考究，这就弥补了音韵方面的不足。第三，莎士比亚的剧文几乎绝大多数是诗行，对于剧作者来说，每部长达两三千行的诗行行都要押韵，这是一个极大的挑战，很难完成。而一旦改用素体，剧作者便会轻松得多。但是，以上几点对于汉语译本则不是一个问题。汉语的词汇及语音构成方式决定了它天生就是一种有利于押韵的艺术性语言。汉语存在大量同韵字，押韵是一件很容易的事情。汉语的语音音调变化也比莎士比亚使用的英语的音调变化空间大一倍以上。汉语音调至少有四种（加上轻重变化可达六至八种），而英语的音调主要局限于轻重语调两种，所以存在于印欧语系文字诗歌中的频频押韵有时会产生的单调感，在汉语中会在很大程度上由于语调的多变而得到缓解。故汉语戏剧剧文在押韵方面有很大的潜在优势空间，实际上元明戏剧剧文频频押韵就是证明。

第三，莎士比亚的剧文虽然很多不押韵，但却具极强的节奏感。他惯用的格律多半是抑扬格五音步（iambic pentameter）诗行。如果我们在节奏方面难以传达原作的音美，或者可以通过韵律的音美来弥补节奏美的丧失，这种翻译对策谓之堤内损失堤外补，亦谓失之东隅，收之桑榆。我们的语言在某方面有缺陷，可以通过另一方面的优点来弥补。当然，笔者主张在一定程度上借鉴利用传统词曲的风味，却并不主张使用宋词、元曲式的严谨格律，而只是追求一种过分散文化和过分格律化之间的妥协状态。有韵但是不严格，要适当注意平仄，但不过多追求平仄效果及诗行的整齐与否；不必有太固定的建行形式，只是根据诗歌本身的内容和情绪赋予适当的节奏与韵式。在措辞上则保持与白话有一段距离，但是绝非佶屈聱牙的文言，而是趋近典雅、但普通读者也能读懂的语言。

最后，根据翻译标准多元互补论原理，由于莎士比亚作品在内容、形式及审美效应方面具有多样性，因此，只用一种类乎纯诗体译法来翻译所有的莎士比亚剧文，也是不完美的，因为单一的做法也许无形中堵塞了其他有益的审美趣味通道。因此，这套译本的译风虽然整体上强调诗化、诗味，但是在营造诗味的途径和程度上不是单一的。我们允许诗体译风的灵活性和创新性。多译者译法实际上也是在探索诗体译法的诸多可能性，这为我们将来进一步改进这套译本铺垫了一条较宽的道路。因此，译文从严格押韵、半押韵到不押韵的各个程度，译本都有涉猎。但是，无论是否押韵，其节奏和措辞应该总是富于诗意，这个要求则是统一的。这是我们对皇家版《莎士比亚全集》译本的语言和风格要求。不能说我们能完全达到这个目标，但我们是往这个方向努力的。正是这样的努力，使这套译本与前此译本有很大的差异，在一定的意义上来说，标志着中国莎士比亚著作翻译的一次大转折。

翻译突破：还原莎士比亚作品禁忌区域

另有一个课题是中国学者从前讨论得比较少的禁忌领域，即莎士比亚著作中的性描写现象。

许多西方学者认为，莎士比亚酷爱色情字眼，他的著作渗透着性描写、性暗示。只要有机会，他就总会在字里行间，用上与性相联系的双关语。西方人很早就搜罗莎士比亚著作的此类用语，编纂了莎士比亚淫秽用语词典。这类词典还不止一种。1995 年，我又看到弗朗基·鲁宾斯坦（Frankie Rubinstein）等编纂了《莎士比亚性双关语释义词典》（*A Dictionary of Shakespeare's Sexual Puns and Their Significance*），厚达372 页。

赤裸裸的性描写或过多的淫秽用语在传统中国文学作品中是受到非议的，尽管有《金瓶梅》这样被判为淫秽作品的文学现象，但是中国传统的主流舆论还是抑制这类作品的。莎士比亚的作品固然不是通常意义上的淫秽作品，但是它的大量实际用语确实有很强的色情味。这个极鲜明的特点恰恰被前此的所有汉译本故意掩盖或在无意中抹杀掉。莎士比亚的所有汉译者，尤其是像朱生豪先生这样的译者，显然不愿意中国读者看到莎士比亚的文笔有非常泼辣的大量使用性相关脏话的特点。这个特点多半都被巧妙地漏译或改译。于是出现一种怪现象，莎士比亚著作中有些大段的篇章变成汉语后，尽管读起来是通顺的，读者对这些话语却往往感到莫名其妙。以《罗密欧与朱丽叶》第一幕第一场前面的 30 行台词为例，这是凯普莱特家两个仆人山普孙与葛莱古里之间的淫秽对话。但是，读者阅读过去的汉译本时，很难看到他们是在说淫秽的脏话，甚至会认为这些对话只是仆人之间的胡话，没有什么意义。

不过，前此的译本对这类用语和描写的态度也并不完全一样，而是依据年代距离在逐步改变。朱生豪先生的译本对这些东西删除改动得最多，梁实秋先生已经有所保留，但还是有节制。方平先生等的译本保留得更多一些，但仍然持有相当的保留态度。此外，从英语的不同版本看，有的版本注释得明白，有的版本故意模糊，有的版本注释者自己也没有弄懂这些双关语，那就更别说中国译者了。

在这一点上，我们目前使用的皇家版《莎士比亚全集》是做得最好的。

那么，我们该怎样来翻译莎士比亚的这种用语呢？是迫于传统中国道德取向的习惯巧妙地回避，还是尽可能忠实地传达莎士比亚的本真用意？我们认为，前此的译本依据各自所处时代的中国人道德价值的接受状态，采用了相应的翻译对策，出现了某种程度的曲译，这是可以理解的，是特定历史条件下的产物。但是，历史在前进，中国人的道德观已经有了很大的改变，尤其是在性禁忌领域。说实话，无论我们怎样真实地还原莎士比亚著作中的性双关描写，比起当代文学作品中有时无所忌讳的淫秽描写来，莎士比亚还真是有小巫见大巫的感觉。换句话说，目前中国人在这方面的外来道德价值接受状态，已经完全可以接受莎士比亚著作中的性双关用语了。因此，我们的做法是尽可能真实还原莎士比亚性相关用语的现象。在通常的情况下，如果直译不能实现这种现象的传输，我们就采用注释。可以说，在这方面，目前这个版本是所有莎士比亚汉译本中做得最超前的。

译法示例

莎士比亚作品的文字具有多种风格，早期的、中期的和晚期的语言风格有明显区别，悲剧、喜剧、历史剧、十四行诗的语言风格也有区别。甚至同样是悲剧或喜剧，莎士比亚的语言风格往往也会很不相同。比如同样是属于悲剧，《罗密欧与朱丽叶》剧文中就常常有押韵的段落，而大悲剧《李尔王》却很少押韵；同样是喜剧，《威尼斯商人》是格律素体诗，而《快乐的温莎巧妇》却大多是散文体。

与此现象相应，我们的翻译当然也就有多种风格。虽然不完全一一对应，但我们有意避免将莎士比亚著作翻译成千篇一律的一种文体。从这个意义上说，皇家版《莎士比亚全集》汉译本在某些方面采用了全新的译法。这种全新译法不是孤立的一种译法，而是力求展示多种翻译风格、多种审美尝试。多样化为我们将来精益求精提供了相对更多的选择。如果现在固定为一种单一的风格，那么将来要想有新的突破，就困难了。概括说来，我们的多种翻译风格主要包括：1）有韵体诗词曲风味译法；2）有韵体现代文白融合译法；3）无韵体白话诗译法。下面依次选出若干相应风格的译例，供读者和有关方面品鉴。

一、有韵体诗词曲风味译法

有韵体诗词曲风味译法注意使用一些传统诗词曲中诗味比较浓郁的词汇，同时注意遣词不偏僻，节奏比较明快，音韵也比较和谐。但是，它们并不是严格意义上的传统诗词曲，只是带点诗词曲的风味而已。例如：

女巫甲　　何时我等再相逢？
　　　　　　闪电雷鸣急雨中？

女巫乙　　待到硝烟烽火静，
　　　　　　沙场成败见雌雄。

女巫丙　　残阳犹挂在西空。　　　　　（《麦克白》第一幕第一场）

小丑甲　　当时年少爱风流，
　　　　　　有滋有味有甜头；
　　　　　　行乐哪管韶华逝，
　　　　　　天下柔情最销愁。　　　　（《哈姆莱特》第五幕第一场）

朱丽叶　天未曙，罗郎，何苦别意匆忙？
　　　　鸟音啼，声声亮，惊骇罗郎心房。
　　　　休听作破晓云雀歌，只是夜莺唱，
　　　　石榴树间，夜夜有它设歌场。
　　　　信我，罗郎，端的只是夜莺轻唱。

罗密欧　不，是云雀报晓，不是莺歌，
　　　　看东方，无情朝阳，暗洒霞光，
　　　　流云万朵，镶嵌银带飘如浪。
　　　　星斗如烛，恰似残灯剩微芒，
　　　　欢乐白昼，悄然驻步雾嶂群岗。
　　　　奈何，我去也则生，留也必亡。

朱丽叶　听我言，天际微芒非破晓霞光，
　　　　只是金乌，吐射流星当空亮，
　　　　似明炬，今夜为郎，朗照边邦，
　　　　何愁它曼托瓦路，漫远悠长。
　　　　且稍待，正无须行色皇皇仓仓。

罗密欧　纵身陷人手，蒙斧钺加诛于刑场；
　　　　只要这勾留遂你愿，我欣然承当。
　　　　让我说，那天际灰朦，非黎明醒眼，
　　　　乃月神眉宇，幽幽映现，淡淡辉光；
　　　　那歌鸣亦非云雀之讴，哪怕它
　　　　嚣然振动于头上空冥，嘹亮高亢。
　　　　我巴不得栖身此地，永不他往。
　　　　来吧，死亡！倘朱丽叶愿遂此望。
　　　　如何，心肝？畅谈吧，趁夜色迷茫。

　　　　　　　　　　（《罗密欧与朱丽叶》第三幕第五场）

二、有韵体现代文白融合译法

有韵体现代文白融合译法的特点是：基本押韵，措辞上白话与文言尽量能够水乳交融；充分利用诗歌的现代节奏感，俾便能够念起来朗朗上口。例如：

哈姆莱特 死，还是生？这才是问题根本：

莫道是苦海无涯，但操戈奋进，

终赢得一片清平；或默对逆运，

忍受它箭石交攻，敢问，

两番选择，何为上乘？

死灭，睡也，倘借得长眠

可治心伤，愈千万肉身苦痛痕，

则岂非美境，人所追寻？死，睡也，

睡中或有梦魇生，唉，症结在此；

倘能撒手这碌碌凡尘，长入死梦，

又谁知梦境何形？念及此忧，

不由人踌躇难定：这满腹疑情

竟使人苟延年命，忍对苦难平生。

假如借短刀一柄，即可解脱身心，

谁甘愿受人世的鞭挞与讥评，

强权者的威压，傲慢者的骄横，

失恋的痛楚，法律的耽延，

官吏的暴虐，甚或默受小人

对贤德者肆意拳脚加身？

谁又愿肩负这如许重担，

流汗、呻吟，疲于奔命，

倘非对死后的处境心存疑云，

惧那未经发现的国土从古至今
无孤旅归来，意志的迷惘
使我辈宁愿忍受现世的忧闷，
而不敢飞身投向未知的苦境？
前瞻后顾使我们全成懦夫，
于是，本色天然的决断决行，
罩上了一层思想的惨淡余阴，
只可惜诸多待举的宏图大业，
竟因此如逝水忽然转向而行，
失掉行动的名分。　　　　　（《哈姆莱特》第三幕第一场）

麦克白　　若做了便是了，则快了便是好。
若暗下毒手却能横超果报，
割人首级却赢得绝世功高，
则一击得手便大功告成，
千了百了，那么此际此宵，
身处时间之海的沙滩、岸畔，
何管它来世风险逍遥。但这种事，
现世永远有裁判的公道：
教人杀戮之策者，必受杀戮之报；
给别人下毒者，自有公平正义之手
让下毒者自食盘中毒肴。　　　（《麦克白》第一幕第七场）

损神，耗精，愧煞了浪子风流，
都只为纵欲眠花卧柳，
阴谋，好杀，赌假咒，坏事做到头；

心毒手狠，野蛮粗暴，背信弃义不知羞。
才尝得云雨乐，转眼意趣休。
舍命追求，一到手，没来由
便厌腻个透。呀恰，恰像是钓钩，
但吞香饵，管教你六神无主不自由。
求时疯狂，得时也疯狂，
曾有，现有，还想有，要玩总玩不够。
适才是甜头，转瞬成苦头。
求欢同枕前，梦破云雨后。
唉，普天下谁不知这般儿歹症候，
却避不得便往这通阴曹的天堂路儿上走！

（十四行诗第一百二十九首）

三、无韵体白话诗译法

无韵体白话诗译法的特点是：虽然不押韵，但是译文有很明显的和谐节奏，措辞畅达，有诗味，明显不是普通的口语。例如：

贡妮芮　父亲，我爱您非语言所能表达；
　　　　胜过自己的眼睛、天地、自由；
　　　　超乎世上的财富或珍宝；犹如
　　　　德貌双全、康强、荣誉的生命。
　　　　子女献爱，父亲见爱，至多如此；
　　　　这种爱使言语贫乏，谈吐空虚：
　　　　超过这一切的比拟——我爱您。（《李尔王》第一幕第一场）

李尔　　国王要跟康沃尔说话，慈爱的父亲
　　　　要跟他女儿说话，命令、等候他们服侍。

这话通禀他们了吗？我的气血都飙起来了！
火爆？火爆公爵？去告诉那烈性公爵——
不，还是别急：也许他是真不舒服。
人病了，常会疏忽健康时应尽的
责任。身子受折磨，
逼着头脑跟它受苦，
人就不由自主了。我要忍耐，
不再顺着我过度的轻率任性，
把难受病人偶然的发作，错认是
健康人的行为。我的王权废掉算了！
为什么要他坐在这里？这种行为
使我相信公爵夫妇不来见我
是伎俩。把我的仆人放出来。
去跟公爵夫妇讲，我要跟他们说话，
现在就要。叫他们出来听我说，
不然我要在他们房门前打起鼓来，
不让他们好睡。　　　　　（《李尔王》第二幕第二场）

奥瑟罗　诸位德高望重的大人，
　　　　　我崇敬无比的主子，
　　　　　我带走了这位元老的女儿，
　　　　　这是真的；真的，我和她结了婚，说到底，
　　　　　这就是我最大的罪状，再也没有什么罪名
　　　　　可以加到我头上了。我虽然
　　　　　说话粗鲁，不会花言巧语，
　　　　　但是七年来我用尽了双臂之力，

直到九个月前，我一直
都在战场上拼死拼活，
所以对于这个世界，我只知道
冲锋向前，不敢退缩落后，
也不会用漂亮的字眼来掩饰
不漂亮的行为。不过，如果诸位愿意耐心听听，
我也可以把我没有化装掩盖的全部过程，
一五一十地摆到诸位面前，接受批判：
我绝没有用过什么迷魂汤药、魔法妖术，
还有什么歪门邪道——反正我得到他的女儿，
全用不着这一套。 　　　　　　　《奥瑟罗》第一幕第三场）

目　录

《冬天的故事》导言

　　大约在 1590 年，剧作家乔治·皮尔（George Peele）创作了一部剧，名为《老妇谈》（*The Old Wives' Tale*）。剧中，大家请一老妇人讲述"一个逗人开心的冬天的故事"以"打发时间"。如以往讲故事人的做法，这位老妇人以"很久很久以前"作为故事开头。"有位国王或者勋爵或者公爵膝下有个美丽的女儿，最最美丽的女儿，皮肤白皙如雪，双唇红润似血。不知何时，他的女儿被拐走了。"老妇人讲的故事，或冬天的故事，就像童话故事，不真实，且往往结局圆满。故事里会出现魔法、幻梦、巧合，以及孩童的走失与找回等情节。皮尔之后约二十年，莎士比亚（后称莎氏）采用了此种戏剧风格，并在其创作生涯最后阶段一直沿用。

　　莎氏后期剧作被称为"传奇剧"。尽管剧作家本人和第一对开本编纂者均未采用此分类标准，然而这一命名术语却是有益的，因为该术语揭示了这类故事源自古希腊散文传奇文学。古希腊散文传奇中的人物囊括流浪者、被拆散的恋人、神使、牧人，以及经历了灾难死里逃生的英雄们。提尔的阿波罗尼奥斯（Apollonius of Tyre）的故事是经典的散文传奇，亦是莎氏合作剧《泰尔亲王佩力克里斯》（*Pericles*）的最终蓝本。16 世纪 90 年代初，另一位杰出的剧作家罗伯特·格林（Robert Greene）创作了几部这一类的散文传奇故事。剧作《冬天的故事》便是由格林的《潘多斯托：时间制胜》(*Pandosto: The Triumph of Time*) 改编而成。为何莎氏在创作了悲剧《李尔王》(*Lear*) 和《麦克白》(*Macbeth*) 后效法皮尔和格林的写作风格，我们无法确切得知。对于时代潮流与走向，莎氏总是能闻风而动。或许，他意识到了，一种在兼有悲喜剧特征与田园风格的同时又独具王室特色的更和缓的传奇剧能够顺应时代要求。当时，国王剧团 (King's Men) 就因创作了几部这类传奇剧而广受欢迎，其中包括古老的无名剧《穆塞多若斯》(*Mucedorus*) 的再度上演，剧中还有一场描写人与熊狭路相逢的戏。

然而，《冬天的故事》并不是以浪漫传奇开始。故事以西西里亚开端，充满了《李尔王》式的宫廷阴谋和《奥瑟罗》(*Othello*) 式的情爱嫉妒。剧中有对阴谋的控诉：王后因被强加不忠的罪名而遭审判，国王行事如暴君。剧情发展到后半部分才出现了从宫廷到乡村的救赎性进展。这种情节结构与莎氏在差不多同期创作的另一部悲喜剧《辛白林》(*Cymbeline*) 相似。与西西里亚相比，波希米亚却是个祥和之地，充满了机缘巧合。在波希米亚的国土上，一只猎鹰的惊飞引得王子偶遇了他未来的新娘；一个惯偷骗子无意间促使情节向着圆满结局发展。宫廷权谋争斗之道让位于自然的和谐。简单化地说：波力克希尼斯通过派遣耳目刺探情报与乔装改扮这样的手段，进而威胁要让潘狄塔受皮肉之苦。被当成牧羊女的公主潘狄塔，在剪羊毛宴会上盛装打扮成王后，谈论花木嫁接需结合艺术和自然之力：复杂多重假象在此起了作用。

里昂提斯劝留波力克希尼斯不成，而赫米温妮却劝说成功，里昂提斯为此怒火发作。人们对里昂提斯的这一行为多有微词。为何赫米温妮出于礼节的举动立刻给自身招来莫须有的通奸罪名？里昂提斯的嫉妒是长久发酵的结果吗？他气愤是因为一个女人介入到两个私交密切的男人之间（莎氏对这种情节情有独钟，从早期的《维洛那二绅士》[*Two Gentlemen of Verona*] 到十四行诗，再到后期戏剧《两贵亲》[*The Two*

Noble Kinsmen］中都有这样的情节）？与在剧院观看表演的观众比较而言，读者更会思考上述问题。戏剧开演前观众需设想剧中某些事件已经发生，这些事件随后并不会由演员演出来，而观众却只能对这些事件进行很有限的设想。

戏剧重心更多地集中在里昂提斯的人性上，而不是这种人性的养成。在对自己头脑所得的"传染病"（infection）进行令人费解的、痛苦的自我分析时，里昂提斯说过，人的精神状态既然会被梦等不真实的事情左右，自然也会受真实之事的影响：

> ……你母后会不会真有那种情感？——
>
> 你剧烈无比，刺人心田，
>
> 把不可能变成可能，只需与梦幻勾连
>
> ——这怎么可能？——
>
> 既然你能与幻觉合作，与虚无为伴，
>
> 那么你与实体结合在所难免，
>
> 一定会的，而且是那么地肆无忌惮。
>
> 我已经看出来了，我额上长角，
>
> 我痛心疾首、苦不堪言。

上面所引话语的句法和语义晦涩难懂。里昂提斯迸出不连贯的只言片语是精神崩溃的症状。关键词"情感"（affection）的指示对象并不固定：究竟是指赫米温妮与波力克希尼斯之间的关系呢，还是指里昂提斯自己的精神状况？"情感"既可以表示赫米温妮与波力克希尼斯的性欲望，也可以指里昂提斯对赫米温妮与波力克希尼斯之间关系的强烈反应，还可以表示妄想、疾病。正因为里昂提斯无法分辨头脑里产生的幻觉与台上其他人看到的实际情况，该词在表意上的模棱两可才具有启示性。在受审时，赫米温妮并没有意识到自己的话道出了整件事情的实质，她说道："我的性命 / 完全受您的妄念摆布（My life stands in the level of your dreams）。"

里昂提斯分析后得出的合情合理的结论应当是：那件不断萦绕在他心头之事，也就是妻子与自己至交间所谓的暧昧关系，其实什么也不是，只是一场噩梦。但他却固执地往反方向想。这种荒谬的做法本身就是侵染折磨他身心的"传染病"的一种病象。忠心的卡密罗明白这一点，但里昂提斯却不明白，因为他身受"传染"；"心慌意乱"（distraction）使得里昂提斯曲解每一个举动，甚至他的言语也受到影响，带上了阴暗的性双关含义，比如引文中的"刺"（stabs）、"虚无"（nothing）和"结合"（co-join）。后文中里昂提斯还说出"肚下那东西防不了"（no barricado for a belly），"她背着他早被别人开过闸，/ 那位笑脸邻居还在他的池塘里钓过鱼"（she has been sluiced in's absence / And his pond fished by his next neighbour）等粗俗话语。

无论里昂提斯的猜疑源自何事，其结果是戏剧本身对这种猜疑感兴趣：那些跌入陷阱的人往往作茧自缚，越陷越深。里昂提斯不容他人劝谏，甚至在神圣的神谕昭示了事实后，他也不相信是自己错了。因此，真正使里昂提斯回心转意的不是理智，而是情感：自己的儿子和妻子突然去世所带来的震惊与深切哀恸。当迈密勒斯的母亲要他讲故事[1]的时候，他说"冬天最好讲凄惨的故事"（A sad tale's best for winter）。果然，在本剧前半部分里，他就成了冬天魔咒的受害者。里昂提斯冷落妻子，却无意中造成儿子染上风寒，最后死去；这正好暗合"冬天"的隐喻。只有经历了这些风波，戏剧情节才会向着传奇式的重生发展。在老牧人

---

[1] 导言中此处的英文原文是 when his mother offers to tell him a story；这一表述与正文中的情节不符。此处的中文表述与正文情节保持一致。——译者附注

抱起婴孩潘狄塔而安提哥纳斯被熊撕碎的关键时刻，老牧人说："你遇见将死之人，我却遇见新生之人。"（Thou met'st with things dying, I with things newborn.）

要找寻莎氏一部剧的核心关注点，最佳方法之一便是注意他对剧本素材的重要扩充：他对原始素材的背离是最能展现其自我风格的，这样的假设合情合理。从《潘多斯托》来看，人们很容易想到，里昂提斯会是《冬天的故事》中最主要的角色；他的出场时间是其他人的两倍。但是另外两个出场时间较长的角色是卡密罗和宝丽娜，他们的出场时间加在一起和里昂提斯的出场时间相等。里昂提斯忠实的谏臣这一角色极大地拓展了《潘多斯托》中国王斟酒人的角色。而人物宝丽娜，作为赫米温妮的保护者和里昂提斯良心的指引者，在原始素材中无对应的人物原型。莎氏突出这些角色的做法表明，在该剧中，他对掌握绝对权力但有可能变成暴君的统治者和智臣角色间的关系特别感兴趣。臣子（或者就此处而言，自己的剧作于宫廷演出的剧作家）要对统治者讲逆耳忠言，统治者却听不进，在这种情况下，臣子应把握怎样的分寸？在伊丽莎白一世（Elizabeth I）和詹姆斯一世（James I）时期，这一问题长期为人们所关注。

詹姆斯一世的宫廷不同于伊丽莎白一世的宫廷，主要原因在于詹姆斯一世有妻有子。在该剧本创作与宫廷首演期间，关于为国王的女儿寻找如意郎君的商谈还在进行。然而，我们不应该因为此事而把该剧视为当时政治的影射，里昂提斯绝不是詹姆斯一世的化身；而且，该剧成为传奇剧的一个原因是，在戏剧开始的宫廷场景里，里昂提斯在与迈密勒斯的对话中表现出了令人愉悦的、慈父般的随意与亲密。现实中的国王不会像那样当众展现两种角色，既做家长，又当玩伴。

格林的《潘多斯托》中，潘狄塔这个人物在情节发展到高潮前隐姓埋名来到王宫时，她父亲色眯眯地看着她，加剧了宫廷乱伦的阴暗气息。
《冬天的故事》中角色宝丽娜的作用之一是使里昂提斯不得有此种想法。
宝丽娜对里昂提斯说："您眼里的青春活力未免太过"（Your eye hath too
much youth in't），提醒里昂提斯，他的王后在将死之时尽管人在中年，也
比他现在注目的人更加美丽迷人。在这一场的开头，宝丽娜劝国王不要
再婚，引出下面的回答：

> 你言之有理。如此佳人实难再得，
> 我不再娶了。若娶个不如她的人，
> 却对之恩宠有加，会使她的圣洁
> 之魂重新附在其肉体上回到
> 这人生舞台——我等罪人所处之地，
> 满怀忧愤责问："为何欺我？"

这几句话绝妙地预示，在宝丽娜戏剧呈现手法的帮助下，赫米温妮的"圣
洁之魂"（sainted spirit）会有复活之时，并能在同一"人生舞台"（stage）
上再次款步。

《潘多斯托》中含冤受屈的王后没能复活，让里昂提斯眼中的赫米
温妮的塑像复活是莎氏的独创。在充满奇幻之事的最后一幕中，莎氏表
面上让还魂之术出自宝丽娜之手，实际上是借由这种还魂之术将表演艺
术本身的魔力戏剧化了，为的是使作为观众的我们，如台上诸人物一般，
唤醒自己的信念。假象的多层次性——童伶男扮女装，活着的赫米温妮
装成雕像——把莎氏艺术推向了自我意识的极端。这个场景恰如其分地
暗指了奥维德（Ovid）的《变形记》（*Metamorphoses*），而奥维德正是莎
氏文学楷模中最有自我意识的艺术家。

在《变形记》第十卷里，艺术家皮格玛利翁（Pygmalion）雕刻了一个象牙雕像。雕像雕刻得非常逼真，就像一个真的女子，婉约动人；皮格玛利翁爱上了雕像。他拼命地想要相信雕像是真的，而且相信它在某些时刻似乎真的努力想要幻化成人，因为雕工实在是完美之至。在女神维纳斯（Venus）略施助力后，一个吻使雕像有了生命。这是对奥维德式的惯常变形模式的罕见逆转，因为奥维德式的变形模式通常是把人变成物件或者动物。在更深的层面上，皮格玛利翁的形象正是奥维德本人，是个把纯粹的言语变成活生生的实体的艺术家。

莎氏从奥维德的皮格玛利翁身上不仅获得了构想，还学到了手法。如果一个人迫切需要某种东西，而且深信一定会得到它，那么他终究会得到。尽管悲剧否认这种可能性，但喜剧允许有这种可能性。这是戏剧表演能够产生的假象。奥维德向莎氏表明，从坚信雕像是真的到它真正变成活人，这一质变过程是渐渐获得知觉的过程。皮格玛利翁的雕像的获生过程既确切，又可感知：血液在血管里搏动，双唇翕动，象牙雕成的脸红晕顿生。同样地，里昂提斯对比了王后生前温暖的生命与雕像的冰冷无知觉，但随后他似乎看到雕像的血管里有了血液，生命的温暖之气浮上了双唇。当她走下来拥抱他时，她的全身真的是温暖的。

此剧开场时，里昂提斯抱怨赫米温妮与波力克希尼斯的肢体接触"太热烈了，太热烈了"（Too hot, too hot）——即使赫米温妮有孕在身，里昂提斯亦想要她的忠贞冷若冰霜。他妒火中烧的眼神如同蛇发女妖墨杜萨（Medusa）的眼神：把妻子变成了石像。这是一种隐喻。在最后一幕，宝丽娜制造出赫米温妮由石像变成活人的假象，隐喻成了变形。从语言和视觉方面看，这一转变成功地在舞台上实现了。面对赫米温妮的雕像时，里昂提斯说道："冰冷石像映我惭愧内心，指责我铁石心肠，比石头更无情！"（Does not the stone rebuke me / For being more stone than it?）

妻子雕像的坚硬形象使得里昂提斯不得不把目光转向自己冷酷无情的内心。此剧落幕时，里昂提斯的铁石心肠重又充满柔情，爱火重燃；相应地，赫米温妮得以解除禁锢，身体变得柔软、温暖，富有生气。

我们头脑中十分清楚自己并不是真的在观看雕像变成活人。然而在一场精彩的演出中，雕像复生时我们心里却真的相信。戏剧的魔力发生在一个处于现实与假象两极间的空间里，这个空间是陌生的，但能够给人带来满足感。变形是在由一种状态变为另一种状态的过程中发生的一种转化。潘狄塔把自己与春天女神普洛塞庇娜（Proserpina）相对比的情节使人联想到了奥维德的世界。奥维德的世界总是在人类激情与自然现象间来回转化。莎氏把奥维德世界的魔力融进了戏剧表演。在舞台上一切皆是假象，但不知何故，一切又是真的，恰如莎氏在另一部后期作品《亨利八世》（*Henry VIII*）剧名 [1] 中所指出的那样。

潘狄塔的名字意思是"被遗弃的孩子"（the lost one）。当她与父亲相认时，神谕应验，迈密勒斯的死得到了一定的补偿，但这补偿并非全部，因为迈密勒斯自己无法死而复生。扮演迈密勒斯的童伶几乎可以肯定要在剧的后半部分扮演潘狄塔，这样就在视觉上实现了从死去的儿子到活生生的女儿的变形。波力克希尼斯的儿子弗罗利泽也代替了迈密勒斯，他成长为里昂提斯之子应该成为的样子。当弗罗利泽和潘狄塔结为连理时，两位国王与两个王国合二为一。里昂提斯不得不接受自己只能靠女儿一脉传承的现实。这样的惩罚很恰当，因为此前里昂提斯拒绝让一个女性介入自己与"兄弟"（brother）间。

看过了其乐融融的乡村生活场景、奥托吕科斯对牧人和小丑无恶意的捉弄以及赫米温妮的雕像获生的奇事后，又言及惩罚，可能会显得苟

1《亨利八世》初演时的剧名为 *All is True*，中文译名为《千真万确》。——译者附注

刻无情。这样做就像宝丽娜逼迫里昂提斯苦修赎罪十六年；当最后她软下心肠允许里昂提斯进入她的艺术品陈列室时，我们当然也需要摒弃理性和道德评判。正如宝丽娜所言，我们需唤醒信念。但如此多的磨难在戏剧性的魔力发挥作用之时就能一下子蒸发吗？赫米温妮的脸上留有岁月的痕迹；在十六年的隐居光阴里，皱纹爬满了她的眼角额头。那个在第一幕便出场、脏鼻子曾被父亲温柔擦拭的孩子，即使是两家不久将要举行的良缘喜事，也无法令他复活。

参考资料

剧情：波希米亚国王波力克希尼斯对西西里亚宫廷进行了为期九个月的访问。西西里亚国王是其儿时的好友里昂提斯，里昂提斯的妻子是赫米温妮王后。里昂提斯毫无根据地深信，他即将临盆的妻子和波力克希尼斯有暧昧关系。里昂提斯试图让他最信任的廷臣卡密罗去毒杀波力克希尼斯。卡密罗知道王后清白无辜，便预先告知了波力克希尼斯，并随波力克希尼斯一起逃到了波希米亚。另一个廷臣安提哥纳斯，受命把赫米温妮刚生下的女儿丢弃在荒无人烟的海岸边。里昂提斯判赫米温妮叛逆罪。天神阿波罗的神谕宣布赫米温妮清白无罪，但里昂提斯却拒不相信，他的儿子迈密勒斯随即夭折而亡。之后，他被告知王后也已香消玉殒。安提哥纳斯把女婴放在波希米亚海边，自己却被熊撕碎。一个老牧人和他的小丑儿子发现了女婴，将其当成家人，抚养她长大成人，并为她取名潘狄塔。十六年后，波力克希尼斯的儿子——弗罗利泽王子——装扮成牧羊青年道里克尔斯向潘狄塔求爱。流氓小贩奥托吕科斯使计骗走了牧人们的钱财。波力克希尼斯和卡密罗也化装来到乡下。波力克希尼斯痛斥儿子追求出身低微的牧家女，随后弗罗利泽和潘狄塔在卡密罗的帮助下逃到西西里亚。老牧人和他的小丑儿子紧随其后，随身带有揭开潘狄塔身世的信物。潘狄塔与父亲相认后，对赫米温妮最忠心的夫人——宝丽娜，向前去她家瞻仰死去王后雕像的一行人展示了雕像，并告诉大家准备好见证一个伟大的奇迹。

主要角色：（列有台词行数百分比／台词段数／上场次数）里昂提斯（20%/125/6），宝丽娜（10%/59/5），卡密罗（9%/72/5），奥托吕科斯（9%/67/3），波力克希尼斯（8%/57/4），弗罗利泽（6%/45/2），赫米温妮（6%/35/4），小丑（5%/64/4），老牧人（4%/42/3），潘狄塔（4%/25/3），安提哥纳斯（3%/19/3）。还有许多其他有名有姓的角色，如阿契达摩斯、克里奥米尼斯、狄温、迈密勒斯小王子、爱米利娅、多尔卡丝、毛普莎，这些角色的台词均有 20 至 30 行，在剧本中各占不足 1%。

语体风格： 诗体约占 75%，散体约占 25%。

创作年代： 1611 年。1611 年 5 月在环球剧场上演。村民们装扮成森林之神萨堤来表演的舞蹈（satyrs' dance）似乎借鉴了 1611 年 1 月的宫廷娱乐表演；1611 年 11 月在宫廷里上演，1613 年初又在皇室婚礼庆典上上演。一些学者认为其创作年代应在 1609 年至 1610 年之间，并设想萨堤舞是后来加进去的；但实际上，在那两年，由于发生了瘟疫，剧院长期禁演。

取材来源： 根据罗伯特·格林 1588 年创作的散文传奇故事《潘多斯托：时间制胜》（又名《多拉斯特斯与法妮雅情史》[*The History of Dorastus and Fawnia*]）改编。受奥维德《变形记》（第十卷）中皮格玛利翁的雕像获生故事的启示，莎士比亚独创了王后幸存与复活的情节。

文本： 1623 年的第一对开本是唯一早期印刷本。根据国王剧团专职抄写员拉尔夫·克兰（Ralph Crane）的誊本排版，印刷质量很好，文本错误非常少。

乔纳森·贝特（Jonathan Bate）

冬天的故事

里昂提斯，西西里亚国王

赫米温妮，西西里亚王后，里昂提斯之妻

迈密勒斯小王子，里昂提斯与赫米温妮之子

潘狄塔，里昂提斯与赫米温妮之女

卡密罗

安提哥纳斯 〉 西西里亚廷臣

克里奥米尼斯

狄温

宝丽娜夫人，安提哥纳斯之妻

爱米利娅，赫米温妮的侍女

波力克希尼斯，波希米亚国王

弗罗利泽王子，波力克希尼斯之子

阿契达摩斯，波希米亚廷臣

老牧人，潘狄塔之养父

小丑，老牧人之子

奥托吕科斯，流氓无赖，曾在弗罗利泽王子手下当差

男女牧人数名，包括多尔卡丝与毛普莎

十二位装扮成萨堤的村民

一水手，一狱卒，其他大臣、绅士、仆人

时间，致辞者

第一幕

第一场 / 第一景

西西里亚[1]

卡密罗与阿契达摩斯上

阿契达摩斯 卡密罗，要是你有机会去波希米亚[2]，像我现在随驾公干一样，你就会明白，我们的波希米亚与你们的西西里亚，如我之前所说，差异很大。

卡密罗 我估计，今年夏季西西里亚国王会回访波希米亚国王，这是他该遵循的礼节。

阿契达摩斯 我们因招待不周而深感惭愧之处，要用诚意来弥补。因为，实在是——

卡密罗 请不妨直言——

阿契达摩斯 的确，平心而论，我们做不出这样宏大的场面——简直无法形容，又是那么地气派空前。我们只会给你们奉上催人入眠的美酒，使你们感觉不到我们的简慢，这样纵然得不到你们的夸奖，至少也会少落些指责埋怨。

卡密罗 您对我们的招待太过誉了。

阿契达摩斯 相信我，在下的话句句属实，绝无半点过誉之言。

卡密罗 西西里亚国王无论怎么款待波希米亚国王都不过分，他们俩自孩提时就在一起受教育，情同手足，感情甚好，

---

1 西西里亚：现在称作"西西里"。
2 波希米亚：中欧地区的一个王国，之前属奥地利帝国，首都曾为布拉格。

现在更是愈来愈盛。成人后他们不能再在一起，皆因男儿的豪情壮志与各自的江山社稷之重任。虽不得常相见，他们却常互赠珍礼、互传信函、互遣使从，以代替当面的会晤。尽管天各一方，胜似往日般形影随行、朝夕共处；即使远隔重洋，却如隔海携手相亲、心曲互吐。友谊长存天佑我主！

阿契达摩斯 我想，世间难有谗言或事端可以把他们离间。你们有活泼可爱的迈密勒斯殿下，真是幸福至极；迈密勒斯殿下是我见过的最有前途的年轻人。

卡密罗 迈密勒斯殿下前途无量，我很赞同。他勇敢，深受全国人民爱戴，是个使年长者宽慰满意的孩子。那些在他出生前便已扶杖而行的老人，也期望能活到见他长大成人的一天。

阿契达摩斯 否则他们会宁愿死去？

卡密罗 会的，要是没了慰藉希望，他们的生命无法继续。

阿契达摩斯 如果国王膝下无子，他们会一直靠着拐杖活下去，直到他有子为止。 　　　　　　　　　　　　　　　　同下

第二场 ／ 景同前

里昂提斯、赫米温妮、迈密勒斯、波力克希尼斯、卡密罗及众侍从上

波力克希尼斯 自我离国，牧人已见

月亮九度盈亏。我的王兄，

　　　　　　　　岁月悠长，即便再增一倍，

　　　　　　　　也会被我用感谢填满成堆。

　　　　　　　　我们此去将负载永远无法回报的盛情，

　　　　　　　　就像自身无价值之"零"，

　　　　　　　　只有附在他数之后，使其数值倍增；

　　　　　　　　尽管感谢之语千次万次难说尽，

　　　　　　　　还需再加一句"非常感谢您"！

里昂提斯　　　言谢何须急匆匆，

　　　　　　　　去时道谢，情亦浓。

波力克希尼斯　陛下，我们启程在明天。

　　　　　　　　离国太久，心里着实不安，

　　　　　　　　生怕突发急事，生出祸乱。

　　　　　　　　但愿国内平安，勿让疑惧成事实。

　　　　　　　　再者，我倒是在此久住成酣，

　　　　　　　　却苦了您劳师动众，心生厌倦。

里昂提斯　　　王弟，我与部下身常健，

　　　　　　　　远非你的想象所能比肩。

波力克希尼斯　不能再逗留迟延。

里昂提斯　　　只再住七天。

波力克希尼斯　真的，就明天。

里昂提斯　　　折中一下，把时间减半，

　　　　　　　　那时，我再不挽留，再不苦劝。

波力克希尼斯　请您别这样勉强我，让我为难。

　　　　　　　　世上没有人，绝对没有，能像您，

　　　　　　　　一开口便打动我，使我主意改变，

　　　　　　　　现在亦是如此。要是您的请求确属紧要，

　　　　　　　　即便我有理由拒绝，也会遵命把归期推延。

我归国心切，意马心猿，
您的好意挽留，如同鞭笞让我难堪，
若我再留，会劳您费神费力，又费钱。
王兄，我们就此告别，彼此两便。

里昂提斯　我的王后，你为何不发一言？你倒是劝劝。

赫米温妮　陛下，我本想等您逼得他发誓言——
决不留下时，再开口留劝。
陛下，您劝留之辞太冷淡，
应告诉他：波希米亚一切平安，
得自昨天的消息可证明这一点。
告诉他这个，他就再无任何借端。

里昂提斯　说得好，赫米温妮。

赫米温妮　思念儿子的理由倒是很充分。
若这样说，便可放他走人；
若这样发誓，就不能强留，
还要用纺线杆子把他撵走。——
（对波力克希尼斯）冒昧请你赏脸再多住一周。
若我夫君去波希米亚，
即便你要留他在预定行期后
多待一月，我亦允许无责怪。——
可话说回来，里昂提斯，我对你的爱
分毫不少于任何一位王爷太太。——
你可愿留下来？

波力克希尼斯　不，王嫂。

赫米温妮　不会吧，你真不？

波力克希尼斯　我不能，真的。

赫米温妮　真心不愿？

别用随便的理由来搪塞敷衍，
纵然你赌咒发誓使星斗错乱[1]，
我仍要说"陛下，不要走"。
真的，你别走，
女人说话如男人，一言九鼎。
你还要走？
非逼我把你当囚徒，而不是贵宾，
那么去时不必道谢，需交纳赎金。
你意下如何？是做囚徒还是贵宾？
凭那句可怕的"真的"，你需二选一。

波力克希尼斯 那么，王嫂，我宁愿做贵宾。
做囚徒是对您不敬，
宁可您惩罚我，
我也不要冒犯您。

赫米温妮 那我不做狱卒，而做友善的女主人。
来，给我讲讲儿时你和我夫君
都胡闹了些什么把戏？你们那时
可是风流倜傥的贵族公子哥儿。

波力克希尼斯 美丽的王后，我们那时是
两个从不关心未来之事的少年，
总以为今天就似明天，
长葆童心到永远。

赫米温妮 你们两个，
可是我家夫君更调皮捣蛋？

波力克希尼斯 我们像一对孪生羊羔，

---

1 指拿天上的星斗来赌咒发誓。

> 白天互相嬉戏打闹，活蹦乱跳，
> 天真无邪，彼此诚心相待；
> 既不懂得作恶使坏，
> 也认为恶事无人做。
> 若继续那种生活，
> 若强烈感情未在心中激荡过，
> "我们无罪"的话可大胆对天说，
> 原罪咒语亦会被我们颠破。

赫米温妮 照这么说，
你们后来犯了罪过。

波力克希尼斯 噢！我最圣洁的夫人，
此后我们心中便生出了诱惑。
青涩岁月，吾妻尚是小女孩，
您的妍姿情影亦未曾映进
我那英俊玩伴的眼帘。

赫米温妮 太会说了！
照这样讲下去，恐怕你要说你的
王后和我是魔鬼撒旦。不过请继续，
害你们犯过的罪名我们自会承担，
只要你们的罪过是因我们第一次犯，
还会因我们继续犯，
而且只会因我们而犯。

里昂提斯 说服他了吗？

赫米温妮 他不走了，陛下。

里昂提斯 （旁白？）他就不肯留，尽管我苦劝。——
我最亲爱的，赫米温妮，
你从没做得这么令人满意。

赫米温妮	从来没有？
里昂提斯	除一次外，再也没有。
赫米温妮	什么？前次在何时？我有两次说得好？
	请你告诉我。赞美会使人昏了头脑，
	把人塞得肥肥满满 [1]，温顺如同家养宠物。
	一件功劳得不到承认，往后做事的兴致便消沉，
	夸奖便是我们的报酬。凭温柔的一吻，
	你们可以骑着我们 [2] 前行上百里 [3]；
	用靴刺，我们行不过一亩地。
	言归正传，我刚才的功劳是劝他留下。
	以前那件呢？它真有个大姐，还是我会错了意？
	噢，但愿它名叫高雅！
	我还有一次话说到点子上，什么时候的事？
	说来听听，我想知道。
里昂提斯	呃，就是在煎熬难挨的 [4] 三个月
	快到尽头时，你终于
	伸出纤纤玉手与我相握，
	接受我的爱意，并发誓说：
	"我永远属于您。"
赫米温妮	这话的确动听。——
	（对波力克希尼斯？）嚯，你瞧，有两次我话说得妙：
	一次赢得一位国王做夫君，

---

1 肥肥满满：原文为 fat。此词系双关语，暗指赫米温妮有孕在身。

2 骑着我们：系双关语，有性暗示。

3 上百里：指距离。原文的 furlong（弗隆）为长度单位，1 弗隆等于 220 码或约 200 米。

4 煎熬难挨的：生动展现了里昂提斯当时追求赫米温妮的热情，与后文他的绝情绝义形成鲜明
   对比。——译者附注

一次短时留住朋友[1]归去之心。（牵波力克希尼斯的手）

里昂提斯	（旁白）太热烈了，太热烈了[2]！

友谊搅得过火会搅出真情。

我怦怦然颤动的心，

却不是因为欢喜，不是的。

这种款待看起来清白单纯，

出自诚恳慷慨的心胸与真情，

并无不当之处，我承认或许确实如此。

不过他们摩手抚掌，就像现在，

笑容轻佻卖俏，似对镜作态；

长吁短叹，似鹿临死前的喘息。

噢！这种款待[3]方式我打心底不喜欢，

我的额头[4]也不情愿。——

迈密勒斯，你是我的儿子吗？

迈密勒斯 是呀，我的好父王。

里昂提斯 的确是。哈哈，真是

我的好小子。怎么，鼻子弄脏了？——

（旁白？）大家说他的鼻子活像我。——来，小子，

我们得头角峥嵘[5]，不对，是干净[6]，小子。

---

1 朋友：原文为 friend，里昂提斯错解为"情人"。
2 语带双关，既指里昂提斯认为赫米温妮与波力克希尼斯关系太亲密，又指里昂提斯心中妒火正旺。——译者附注
3 款待：有性暗示。
4 额头：有不贞妻子的男人前额会长角。
5 原文为 neat，意为"整洁漂亮"，其古义作"牛"解。此处该词语带双关，暗指要头角分明，捍卫自己的尊严与名誉。
6 指让迈密勒斯王子把弄脏的鼻子擦干净。

可牡牛、牝牛和小牛犊都有角。——

（旁白）还在抚弄他的手掌[1]？——

怎么样，你这顽皮的小牛儿，

你是我的小牛儿吗？

迈密勒斯　是的，父王，若您愿这么称呼。

里昂提斯　若你也头发蓬松，

再有一对角[2]，就完全是我的模样。——

（旁白？）人们都说我俩似鸡蛋一样相像；

女人们这样说，她们什么都敢说，

像染过头的黑布，她们虚伪张狂，

又像风像水，反复无常，

还像赌徒的骰子，捉摸不透，变化无章，

但我希望她们说这孩子长得像我是真话。——

（对迈密勒斯）来，少爷，用你那蔚蓝的眼睛看着我。

可爱的淘气鬼！最亲爱的！我的肉！

你母后会不会真有那种情感？——

（旁白？）你[3]剧烈无比，刺人心田，

把不可能变成可能，只需与梦幻勾连

——这怎么可能？——

既然你能与幻觉合作，与虚无为伴，

那么你与实体结合在所难免，

1　此句意思是"上下抚弄他（波力克希尼斯）的手掌"（virginalling upon his palm）。手指上下抚弄，如同弹奏维吉那琴（一种琴弦与键盘平行的方形旧式钢琴，英文为 virginals），有性影射。

2　角：意指"被戴了绿帽子"。

3　此处的"你"与紧接着的两个"你"有双重指代对象，既指代里昂提斯的嫉妒猜疑，又指代里昂提斯想象的赫米温妮与波力克希尼斯之间的暧昧不忠行为。——译者附注

一定会的，而且是那么地肆无忌惮。
我已经看出来了，我额上长角，
我痛心疾首、苦不堪言。

波力克希尼斯	里昂提斯的话是何意？
赫米温妮	他似乎有点心神不安。
波力克希尼斯	怎么啦，陛下？
里昂提斯	什么事？你怎么了，好王弟？
赫米温妮	你看起来有些心慌意乱。
	你有何恼心事，陛下？
里昂提斯	没，我心情好着呢。——
	（旁白？）至情常使人痴态流露于无意间，
	成为心坚肠硬之人的消遣！——
	把我儿子脸上轮廓仔细看，
	仿佛自己回到了二十三年前，
	罩着绿鹅绒大衣，裤子却未穿；
	剑鞘牢牢封着短剑，
	唯恐伤了自己，
	剑像装饰品，往往异常危险。
	我觉得自己那时多像这个谷粒，
	这个生豆荚[1]，这位少爷。——
	（对迈密勒斯）我的好朋友，你甘心受人欺辱？
迈密勒斯	不，父王，我会和他打。
里昂提斯	要和他打？哈哈，祝他好运连连！
	王弟，你也像我们这样
	喜欢你的小王子吗？

---

1 "谷粒"与"生豆荚"皆指迈密勒斯小王子。——译者附注

波力克希尼斯	陛下，在家中，他是我的开心果，
	是我生命的全部意义；
	时而与我结拜成友，时而绝交成敌；
	是我的卫兵，我的政客，我的帮闲。
	他使七月的白昼如十二月天一般短，
	用种种充满童趣的行为，
	治愈了郁积在我心的忧郁疾患。
里昂提斯	这小子对于我也是这样。
	王弟，我们两个先走一步，
	留你们两个再多叙叙。——赫米温妮，
	你有多爱我们，就要怎么招待我这位兄弟，
	不要舍不得西西里亚珍贵的东西，
	除了你自己和我的小淘气，
	他最贴近我内心 [1]。
赫米温妮	若要寻我们，你可去花园里。
	我们在那儿等你，可好？
里昂提斯	随你们的便。只要没上天，
	不愁找不到。——（旁白）我在放长线钓大鱼，
	尽管你们没看见我放下的钓线。
	去吧！去吧！
	她竟昂起头，翘起嘴，
	向他送了过去！像妻子
	讨丈夫欢心那样大胆！

波力克希尼斯、赫米温妮及众侍从下

去了？

---

1 内心：反语，暗示里昂提斯对波力克希尼斯有了嫉妒之心。——译者附注

一时厚没膝长，额前长角伸出头顶上！——

去玩吧，孩子，去吧。你母后已开演[1]，

我也要玩玩，不过扮的角色甚丢脸，

我会在别人的嘘声嘲笑中死去，耻辱和讥嘲

便是我的丧钟。去玩吧，孩子，去吧。——

若我没弄错，绿帽子这东西早就有；

即使在现在，我说话的当口，

许多人虽手把妻子搂，

绝未想到她背着他早被别人开过闸[2]，

那位笑脸邻居还在他的池塘[3]里钓过鱼[4]。

罢了，这样想就不难过了，

闸门[5]，其他男人也有，

可惜和我的一样，背地里被打开过。

如果妻子不贞，男人便要死要活，

那人类十分之一便要上吊。

这病无药可救，情欲是颗邪恶之星，

一升起来便要把人摧毁；

它威力大，想想看，从东南西北照射过来。

总而言之，肚下那东西防不了[6]，

1　"开演"（play）一词含义不明确，有多种解释：既可指赫米温妮忙着招待波力克希尼斯，也可指她去散心，又可指她与波力克希尼斯发生了性关系，还可指她在里昂提斯的病态幻想中扮演了关键的一角。

2　开过闸：有性暗示，暗指妻子与外人有奸情。

3　池塘：双关语，指阴道。

4　钓过鱼：双关语，指自己被人戴绿帽子。

5　闸门：双关语，指阴道。

6　有性暗示，指交媾的丑行难防。

	知道吗，它让敌人携包带箱[1]进进出出。
	虽自身不知，可患这病的人很多。——
	现在感觉怎样，小家伙？
迈密勒斯	他们说我长得像您。
里昂提斯	呃，这话让我有些安慰。喂，卡密罗在不？
卡密罗	（上前）在，陛下。
里昂提斯	迈密勒斯，去玩吧，你是个体面的人。—— 迈密勒斯下
	卡密罗，这个大爷还要住下去呢。
卡密罗	您左劝右劝，他还想要往回溜，
	费了好大劲，他才愿意暂停留。
里昂提斯	你注意到了？
卡密罗	您几次求他留下他不肯，
	说是公务紧急重要不便留。
里昂提斯	你察觉到了？——
	（旁白）窃窃私议"西西里亚如此这般"，
	他们在耻笑我，揭我的短。
	事已成这样，可惜我没早看穿。——
	（对卡密罗）卡密罗，他怎么又肯留下来呢？
卡密罗	受我们好王后的恳求。
里昂提斯	光说王后就足够。
	就目前看，"好"字相干却不得当。
	除了你，还有明白人看出来了吗？
	你头脑灵活，比那些
	白痴草包更能觉察到。
	除几个机灵人外都没注意到？

1　携包带箱：原文为 bag and baggage，暗指男性生殖器。

只有少数绝顶聪明的人才看得出？
智力低下的就对这把戏[1]看不透？你说。

卡密罗 把戏，陛下？波希米亚王要在这儿
多作停留，我以为此事众人都知道。

里昂提斯 呃？

卡密罗 还要再多住几天。

里昂提斯 哦，不过为什么？

卡密罗 为了满足陛下您和我们
最贤德的娘娘的恳求。

里昂提斯 满足[2]？
娘娘的恳求？满足？这就够了。
卡密罗，我一向信赖器重你，
国事私事，无论公开与隐秘，
向来不曾瞒过你。如同神父，
你总会听我忏悔并宽恕我，
经你涤荡后，我便悔过自新。
但我们被你的忠诚蒙骗了，
被你那貌似忠诚的样子给骗了。

卡密罗 绝不会有这种事，陛下！

里昂提斯 再仔细想想，仍觉你不忠诚；
也许你天性忠诚，却是个懦夫，
从背后弄残忠诚，使之偏离正道；
要不然，你虽备受主人信赖，

---

1 把戏：里昂提斯指赫米温妮与波力克希尼斯间的奸情；而下一句中，卡密罗误以为里昂提斯是说波力克希尼斯想要多留些时日却故意说要回国的事。

2 满足：卡密罗是要表达"不忍心辜负"之意；而里昂提斯理解为"性满足"。

	却玩忽职守；再不然是你迟钝愚笨，
	眼睁睁看着游戏[1]告终，
	大宗赌金都已被人赢走，
	还以为只是一场玩笑。
卡密罗	陛下明鉴，
	微臣兴许疏忽、愚蠢、不勇敢，
	可是人性所致，无人能免。
	世事纷纭，疏怠、愚笨与恐惧
	等劣根，人性中不免时有突显。
	陛下，臣为您操持诸事之时，
	若臣曾有意疏忽，
	实乃臣愚笨糊涂。
	若我汲汲于假作痴呆，
	未权衡后果，属臣之怠。
	有时心怀恐惧，
	踟蹰不敢做该做之事，
	这种情形，智者亦胆怯，
	难免不会有此举。
	这类弱点弊病，
	就算贤臣良将，也实难不为。
	故恳请陛下，对我无须隐讳，
	任何过失，一定告知让我明白，
	若我否认，那断不是我所为。
里昂提斯	卡密罗，难道你没看见？
	不用说，你一定看见了，否则是你

1　游戏：按里昂提斯之意，特指"情爱游戏"。

眼混目浊，眼珠比王八 [1] 的角还厚。

传闻如此彰明，流言怎会不起，

你应该早有听闻。

若你是有头有脑之人，

岂能未料到我妻不贞？

要么是你耳聋眼瞎，有头无脑，

要么是你厚颜抵赖，否则你就得承认

我的妻是一匹马 [2]，喜欢被人骑，

臭名同于那些未婚已失身的贫贱女。

你说吧，给出证据来。

卡密罗　若听闻娘娘遭人这般诋毁中伤，

臣决不会袖手旁观，定让那厮好看。

哎呀，我的主，我的天，

这番胡话怎么会溜出您嘴边。

纵然是真，这样的胡话说上一遍，

罪深孽重人不堪。

里昂提斯　喁喁细语不算？热脸相贴盲盲然？

鼻尖儿相碰不管？烈唇相吻漠漠然？

止步不前，笑里藏哀叹，

不是分明要出轨的表现？

腿脚摩挲色欲显？黑暗角落里躲闪闪？

钟摆加快心中盼？一分来把一时换？

中午快向黑夜变？

巴望众人都障了眼，

1　王八：指被戴绿帽子的男人。

2　马：指被人骑的马；语带双关，表示"淫妇、娼妓"之意。

淫恶之事无人见？

所有这些要人不怨？

这等淫行乱为不足介怀瞻念？

世间万物皆空谈：似盖穹隆空显，

波希米亚滚蛋，我的妻不上眼。

卡密罗　　　国王陛下，我的天！

胡思乱想害人不浅，

对症下药刻不容缓。

里昂提斯　　总归是真，尽管危险。

卡密罗　　　不是，不是，陛下。

里昂提斯　　就是。你说谎，你说谎。

依我之见，你骗人，故招本王恨。

你这奴才，有头无脑，无知愚笨，

否则你虽能辨善恶，却是墙头草，

趋炎附势，两面讨好。

若是我妻肝脏[1]受感染，

似其生活般腐烂，

她就休想活过一沙漏时间[2]。

卡密罗　　　谁敢把她污染？

里昂提斯　　哼，就是那个把她当作小画像[3]

挂在颈间的波希米亚王。

要是我有忠臣在身边，

1　肝脏：旧时人们认为肝脏是性欲生发之地。

2　一沙漏时间：即一个小时。原文的 glass 实际是指 hourglass，即时漏或沙漏，是西方中古时期的一种计时工具。一沙漏的沙漏完，便是一小时。——译者附注

3　小画像：西方人喜欢把自己深爱之人的小画像佩戴在身上。——译者附注

心细眼尖，珍视我的
名誉犹如顾惜自身利益一般，
怎能不豁出性命，放手大干一番。
哎，可惜你做了他的行觞侍臣[1]。
你本出身寒门，幸得本王提拔，
才身居显要。本王心中的悲痛
烦恼，似天地相见般明了；
你可调杯毒酒[2]，让我那仇人沉睡永久，
以便能去我心病，宽慰我心。

卡密罗　　国王陛下呀，我的主，
此事臣立即可做，但不需剧毒，
只需几许慢性药物，
让其慢慢发酵，不觉间便中毒。
但娘娘向来优雅高贵，
如今您却说她伤风败俗，
实难让人不疑，尽管您是我尊敬的主。

里昂提斯　　这种事，还与本王争辩，你简直该死！
你以为我糊涂，优柔寡断，
痴了头自寻烦恼，
让丑行污了本王的白净裤单[3]——
裤单洁净时，方可睡得心安，
一旦污了就成棒刺、荆棘、荨麻和蜂针，
扰我睡眠；人家也会怀疑我王儿血统，

1　行觞侍臣：指为主人端酒杯和斟酒的侍从。
2　调杯毒酒：原文 bespice 之注为 season (with poison)，即调制毒酒之意。
3　里昂提斯暗指王后不忠。——译者附注

我儿承我血脉，我对他疼爱有加，
若毫无根据，我怎会无中生有？
这种蒙羞丢脸之事，谁人愿干？

卡密罗　陛下的话，臣笃信不疑，
三拳两脚，去把波希米亚王除掉。
不过把他除去之后，
看小殿下薄面，请陛下和娘娘
要尽释前嫌，夫妻重归于好。
只有这样，列国朝廷、邦交近邻，
悠悠之口，谣诼自消。

里昂提斯　你说的正合我意，
本王决不允许任何瑕疵污点
玷污了王后的名誉，决不允许。

卡密罗　陛下，那您就去吧。
宴会时，您一定要装作和气友善，
显出殷勤，赔上笑脸，
与波希米亚王以及王后周旋，
而臣则用毒酒把他酒杯斟满，
否则我就枉为您的忠仆。

里昂提斯　就这么定。
此事若成，我的心属你一半，
若不成，把你的心劈成两半。

卡密罗　陛下放心，我速去张罗。

里昂提斯　我听从安排，装出客气和善。

卡密罗　啊，苦命的娘娘！
我身为人臣，处境为难！
须顺从主子心意，奉上毒酒，

下

狠下心把善良人波力克希尼斯暗算。

我家主子妒火中烧，

情绪阴晴不定，风雨多变，

还硬要叫臣子跟着他疯干。

我若帮主子了却这桩心愿，定会得升迁。

即便弑君之例千千万万，杀手事成后

也发了财升了官，可这事我真不愿干。

何况这类罪行还要载入碑牌册典，遭人唾骂，

遗臭万年。我得逃离王宫，

做与不做，都要杀头。

吉星高照！波希米亚王来了。

波力克希尼斯上

波力克希尼斯	（*旁白*）奇怪，我觉得在此地所受礼遇渐衰。
	不说句话吗？——
	你好呀，卡密罗。
卡密罗	国王陛下万福！
波力克希尼斯	朝中可有奇闻异事？
卡密罗	陛下，没有不平常之事。
波力克希尼斯	你们国王冷面霜眉，
	似失了某州省或一块宝地。
	方才我见他，照往常一样向他问候致礼，
	可他的目光却向远处游离，
	嘴唇撇着鄙夷，
	扔下我急匆匆离去。
	我甚感莫名，不断揆前思后。
	何事致使他像变了个人。
卡密罗	我不敢知道，陛下。

波力克希尼斯	怎么，不敢？不知道？你知道， 却不敢讲？定是这样。对你而言， 知道的事就一定知道， 绝不会说什么敢与不敢。 好卡密罗，你神色异常， 如同镜子，牵动我神情异样。 从你骤然变化的面容上， 这事定与我有关，我料想。
卡密罗	有种怪病，但我不知其名， 它使有些人患了病，心智迷乱 不正常。尽管陛下身体 健康，但这病确是因您而生。
波力克希尼斯	什么？因我而生？我又不是 一瞪眼就能杀人的蛇魔怪兽[1]。 我所视之人无数，却不曾有一个 被害死，反而受我提携，全都升迁了。 卡密罗，你是正人君子， 知书识礼，且又学富五车， 你的这些品行与我们家族 名誉相比，丝毫不逊色， 同样高贵，值得尊重。 你若知道什么我应该知道之事， 请勿隐瞒，直言相告。
卡密罗	我不便回答。
波力克希尼斯	疾病因我生，而我却健康无恙？你得

---

1 **蛇魔怪兽**：神话传说中的怪兽，能用目光和呼吸杀人。

好好解释不可。听见了吗，卡密罗？
凭着人之品行与天地良心，
更凭我个人对你的请求，
请你务必言明，
何种祸事，将要降临，
是近，是远，请说个究竟。
若可避，何种防御之法可行；
若不能，应当如何受承。

卡密罗　　陛下，我相信您正直诚恳，
请求亦合情理，我全告诉您。
您需听我好言相劝，
我长话短说，您需即刻照着去办。
否则，不幸祸事你我难免，
只有高喊"完蛋"。

波力克希尼斯　请讲，好卡密罗。

卡密罗　　小的奉命除掉您。

波力克希尼斯　奉何人之命？

卡密罗　　奉国王之命。

波力克希尼斯　这是何故？

卡密罗　　他认为，不，而是确有把握地
发誓说，就像他是亲眼所见
或是他使您做了那恶事一般——
未经允许，您私用禁脔。

波力克希尼斯　啊，若真有这事，
让我鲜血化脓溃烂；
让我响当当的名声，

套上犹大[1]的罪名，

承受永世咒骂，发臭腐烂，

所到处，连最钝的鼻尖

也避之唯恐不及，苦不堪言；

不，如此让人深恶痛绝史无前例。

卡密罗　　尽管您指着天上每颗

星辰及其所有法力赌咒说

没有这等事；您想用立誓

或劝告之法让他摒除妄念，

那无异于日出西方、六月

飞雪[2]一样不可能。

妄念已在他的信念上生根，

与他的生命之体同存。

波力克希尼斯　妄念自何处生？

卡密罗　　我亦不知。当务之急，依我愚见，

不是追问缘由，需拿计避免祸患。

若您信得过小人满腔诚心，

就请捎上我这孕育诚心的贱体

作为担保，今晚就动身！

您的随从，我悄悄去联络通知，

三三两两，从各侧门，

溜出城外。至于小人自己，

因泄露机密无法再在此处立足，

1　犹大：出卖基督的叛徒。

2　此句原文为 Forbid the sea for to obey the moon，若直译为"禁止海洋服从月亮"则显佶屈聱牙，故采用了归化的意译之法。——译者附注

只有跟随大王，听候您的差遣。
别再犹豫，我以父母名誉发誓，
我的话句句是真，您若要去
证明核实，小人不敢奉陪，
国王定将亲口宣您罪行，
治您罪，您就难逃不死。

波力克希尼斯　我相信你。观其面，
我已知其心。帮帮我，
做我向导，自此后，
你我同舟共济。舟船早已
备好，两天前，手下之人
就盼我启程回国。这场嫉妒
祸端，皆因美人而起，她的绝世
容颜，倾国倾城；而他又是一代
雄主，因此嫉妒之心定然猛烈
无比；而且他还执意认为自己的
结拜兄弟让他蒙羞受辱，复仇之心
格外急切。恐怖笼罩着我。但愿
我能成功逃离，好让贤美王后能
松口气。无中生有的猜忌，把她亦
裹挟了进去。来，卡密罗，你若
助我活着离开此地，我将视你如同
父母，敬重无比。让我们一起逃离。

卡密罗　　　　所有侧门钥匙皆由我掌管，
事不宜迟，走吧，陛下，
咱们速速逃离。　　　　　　　　　　　同下

第二幕

第一场 / 第二景

赫米温妮、迈密勒斯及众侍女上

赫米温妮　你把孩子带走。

　　　　　他老缠着我，真吃不消。

侍女甲　（领着迈密勒斯）来，我的好殿下，

　　　　　我陪您玩，可好？

迈密勒斯　不，我不要。

侍女甲　这是为何，我的好殿下？

迈密勒斯　你要使劲吻我，而且讲起话来仍旧

　　　　　把我当小孩子。——（对侍女乙）我更喜欢你。

侍女乙　这又是为何，殿下？

迈密勒斯　不是因为你的眉毛生得更黑，

　　　　　尽管人们常说：黑眉使女人俏丽，

　　　　　要是眉毛稀疏不齐，

　　　　　就要用眉笔，

　　　　　描成半圆形或半月形。

侍女乙　谁教您这些的？

迈密勒斯　我从女人们的脸上看出来的。

　　　　　请问，你的眉毛是什么颜色？

侍女甲　青色，殿下。

迈密勒斯　不可能，你在说笑。我只见过一位

　　　　　姑娘鼻子发青，但从没见过青色双眉。

侍女甲	您好好听话。您母后的肚子 越来越大 [1]，我们不久就要 服侍另一位可爱的小王子， 到那时您想和我们玩， 还得看我们情不情愿。
侍女乙	她的肚子近来鼓得厉害， 愿她能顺利生产！
赫米温妮	你们在讲些什么俏皮话？ 来，宝贝儿，母后现在可以陪你。 你得坐下来，讲故事给我们听。
迈密勒斯	讲个开心的，还是凄惨的？
赫米温妮	越开心越好。
迈密勒斯	冬天最好讲凄惨的故事。 我有个关于妖魔鬼怪的。
赫米温妮	我的宝贝儿，就讲这个吧。 过来，坐下。讲吧，尽你本事讲。 讲鬼故事吓我，那是你的拿手好戏。
迈密勒斯	从前有个人——
赫米温妮	不，坐下来。好，继续讲吧。
迈密勒斯	（坐下）在墓园边住着—— 我要小声讲，不让那些蟋蟀听见。
赫米温妮	那好，靠近我耳朵讲。（两人一旁交谈）

里昂提斯、安提哥纳斯、众臣及余人上

里昂提斯	在那里见过他？还有随从？卡密罗也在？
大臣甲	我遇见他们，在一丛松树后面，

1　越来越大：指赫米温妮王后有孕在身。

这般匆匆赶路，我第一次见，
我一直看到他们上了船。

里昂提斯　我真有运气，判断得一点
不错！哎，还是不知道的好！
这种好运气只会让人受罪！
酒杯里尽管浸泡着蜘蛛[1]，
一个人喝下，离去，并不会
中毒，因为他不曾知晓。若让
他亲眼见了，就会明白自己是
怎么饮下杯中之酒，他会拼命
呕吐，直至喉咙胸腔迸裂。而我
既饮了杯中酒，又见了那蜘蛛。
卡密罗是他同党、帮凶，他们
密谋取我性命，夺我王位，
一切猜疑皆已证实。我派去
的那个奸诈小人早已被预先买通，
使我的计划泄露，被他提前得知，
害得我情冷心苦痛。高！
他们驾轻就熟，玩弄诡计花招。
为何那些侧门轻易打开了？

大臣乙　　侧门钥匙是他在掌管，钥匙
在手犹如手中握有您的命令，
要开城门，轻而易举。

里昂提斯　我懂了。——（对赫米温妮）把孩子给我。

1　蜘蛛：蜘蛛通常被认为含有剧毒，若浸泡在酒中，酒也因此会有剧毒。

幸亏你没给他喂过奶[1]，

他尽管长得有些像我，

但承继你的地方更多。

赫米温妮 这是什么话？玩笑话？

里昂提斯 （对一大臣或侍女）

把这孩子带走，不准他靠近她。带走！

让她和那个在她肚里日益变大的

东西[2]去玩，——

（对赫米温妮）因为是波力克希尼斯

把你的肚子弄大的。 大臣或侍女偕迈密勒斯下

赫米温妮 但是我要说他没有。

我发誓您会相信我的话，

无论您怎么往歪处想。

里昂提斯 列位贤卿，你们瞧瞧她，

仔细瞧瞧。你们嘴上刚要说，

"王后容颜姣美"，你们心中的

正义立即反对，"可惜她不

贞洁，不守本分。"你们刚要

赞美她面俏体娇——她的确貌美，

我得承认——随即就要耸耸肩，

哼哈几句，这些动作举止诽谤

中伤常用——哦，我说错了——

是仁慈所用，因为诽谤会使

---

1 生在王公贵族之家的孩子小时候由乳母喂养。
2 指赫米温妮肚中的孩子。

　　　　　　　美德枯萎[1]。当刚说完"她很美丽"，
　　　　　　　尚未说出"她很贞洁"前，你们就
　　　　　　　会不自觉地耸肩，又哼又呸。
　　　　　　　尽管将会承受最大的悲伤痛苦，
　　　　　　　我要宣布——她是个淫妇。

赫米温妮　若说这话的是恶人——纵使
　　　　　　　是世上最混账的恶人——
　　　　　　　这样说还会使他恶上加恶。
　　　　　　　你，我的陛下，弄错了。

里昂提斯　我的夫人，你弄错了，你错把
　　　　　　　波力克希尼斯当成了里昂提斯。
　　　　　　　唉，你这东西[2]！像你这身份，
　　　　　　　我不愿这样称呼你，以免粗鲁
　　　　　　　无礼之人学我样，说话不分
　　　　　　　尊卑高低，对待王子与乞丐
　　　　　　　没有丁点儿差别。我说过她
　　　　　　　通奸，也说出了与谁通奸；
　　　　　　　此外，她还是个叛徒。
　　　　　　　卡密罗是共犯，她的同党，
　　　　　　　她和那个万恶之人所干的勾当，
　　　　　　　他全都知道；她背地里偷人之事，
　　　　　　　他也知道。这种不要脸的行为，

1　里昂提斯的意思是：只有在被诽谤之人确有德行的情况下，才可以说他受到了诽谤。此处里
　昂提斯已认定赫米温妮不贞败德，因此说耸肩、哼哈之类的动作举止是仁慈所用，而非诽谤
　所用。
2　东西：原文为 thing，是骂人的话。

	粗人一般骂得很难听。是的,
	他们逃走,她定也知情。
赫米温妮	不,我以性命发誓,
	对此我毫不知情。
	您公然指责羞辱我,
	待真相查明,您将多么悔恨。
	陛下,到时就算您认错,
	亦恐难洗尽我的冤屈。
里昂提斯	不。要是我会把这种事情
	弄错,除非地球小得不足以
	容下小儿的陀螺顶。
	立即把她下狱!
	谁若想替她求情,
	照样定罪受罚,毫不留情。
赫米温妮	一定是有什么灾星把我照临,
	我须静心等候以待他日天晴,
	吉运星象定会再显光明。
	诸位大人,我不善哭泣
	——女人爱哭,空洒无聊泪水——
	你们兴许会因此减少对我的怜悯,
	可我心中蕴藏着正义的哀愤,
	似火燃烧,力量远胜于热泪滚滚。
	恳请诸位大人,
	本着你们的良知与公心来评评理,
	陛下的命令是否就该这样执行。
里昂提斯	没听见我的命令吗?
赫米温妮	谁愿与我同去?陛下请准我带上侍女,

　　　　　　您知道目前情形我有此需 [1]。

　　　　　　别哭，好心的傻丫头们，真的不必。

　　　　　　等知道你们的娘娘罪该入狱，

　　　　　　在我出狱时，再为我放声哭泣。

　　　　　　今我甘愿入狱，全为我清白的名誉。——

　　　　　　（对里昂提斯）再见，我的夫君。我从不愿见您

　　　　　　后悔伤心，可现在我相信您会的。——

　　　　　　姑娘们，走吧，你们已被允许。

里昂提斯　　去，照我的话办。带走！　　　侍卫押王后及众侍女下

大臣丙　　　请陛下叫王后娘娘回来吧。

安提哥纳斯　陛下，要确有把握您才可以这么做，

　　　　　　免得公道反成了暴虐，使三个人受

　　　　　　其害：您自己、您的王后和您的儿子。

大臣丁　　　对于王后，陛下，我敢以性命

　　　　　　担保，而且愿意这样做，请接受

　　　　　　我的建议，王后对上天和对

　　　　　　您都是清白忠诚的——我的

　　　　　　意思是指您指控她有罪的事情。

安提哥纳斯　如果她被证明真有罪，我便

　　　　　　要把我的妻子锁在马厩里 [2]，

　　　　　　无论到哪里都把她带在一起，

　　　　　　若片刻不见，就对她不再信赖；

　　　　　　如果王后娘娘不贞洁，

1　指赫米温妮王后即将临盆。

2　锁在马厩里：此句有两个意思，一是像对待动物一样对待妻子；二是让妻子与男人隔离，因为雌马如果被锁在马厩里，就无法与雄马接触。

则世间女人全身上下

没有一点靠得住。

里昂提斯　　你们都给我住口！

大臣戊　　　国王陛下——

安提哥纳斯　我们说这些是为了您，不为我们自己。

您遭人设计暗算，上了当受了骗，

那害你之人应遭谴责，入地狱。若我

知道那坏人歹贼是谁，定给他一顿痛打。

臣有三女，长者十一，次女九，幼女

五岁左右，假如娘娘被证实贞操有亏，

臣愿让犬女代她受过。臣以名誉起誓，

在她们十四岁前把她们的卵巢全割掉，

免得生下些私生子。

她们嗣我家声，我宁愿阉了自己，

也不愿让她们生下不清白的子孙。

里昂提斯　　住嘴！够了！你们就像冰冷

无感觉的死人鼻子，没有

觉察到这件事，我可是亲眼所见，

亲身所感，真切如同你们见我

用手指这样碰你们那般。

安提哥纳斯　倘若果真如此，我们无须

掘墓埋葬贞洁，因为世上

根本没有贞洁，也无法用

它粉饰这整个肮脏污浊之地。

里昂提斯　　什么？你们仍不信？

大臣甲　　　陛下，对于此事，臣宁愿您的话

不如我的话可信；不论您如何责怪

我，我还是更愿相信王后清白，
不愿您的猜疑是真。

里昂提斯 哼！我何必与你们就此事商议，
何去何从应顺从我自己的心意。
无须你们来指手画脚，我自有
决策权力；我告知你们，完全
出于好意。你们若是感觉麻木，
或是故意假作糊涂，不能或者
不愿相信此事的真实，须知道
我根本不需征求你们的意见。
此事之利害得失，以及如何处置，
皆由我自己决定。

安提哥纳斯 陛下，臣希望您默默
对此事进行评判掂量，
而不是大加声张。

里昂提斯 那怎么成？你若不是
老糊涂了，便是个天生的
蠢材。他们亲昵之举
如此明显，除了不曾
亲眼所见，一切迹象
足以证明此事不是虚传，
再加上卡密罗心虚逃走，
更加证明他们过于亲密无间，
使得我不得不采取这般手段。
然而此等重大事件，最忌
草率鲁莽，为进一步证实起见，
速去德尔福斯圣地阿波罗神庙

	占卜询问之人——克里奥米尼斯和狄温
	已被派遣，此二人既可靠又干练。
	等神谕带回后，怎么做便有分晓：
	不是阻止，便是鼓励。我做得可好？
大臣己	做得很好，陛下。
里昂提斯	尽管我已心中有数，不必再
	知道什么，但仍需借神谕
	威仪，让那些愚昧轻信而
	无法认识真相之人信服。因此
	我认为最好免去她的自由，
	把她关禁起来，以防那两个
	逃走之人设下阴谋诡计由她
	来执行。来，随我来，
	我们要当众把此事宣布，
	这事定会掀起大波。
安提哥纳斯	（旁白）照我看，等真相公布于众，
	只会惹人哄笑。 众人下

第二场 / 第三景

宝丽娜、一侍臣及众侍从上

| **宝丽娜** | 去通报一声看监人， |

告诉他我是谁。（侍臣朝门处去）

好娘娘，

您可配住欧洲任何一座王宫大殿，

狱中的生活您可怎么过啊？

狱卒上

喂，长官，

你认识我，对吧？

狱卒　　您是一位我所

敬仰的尊贵夫人。

宝丽娜　　那么就请你

带我去见王后。

狱卒　　夫人，小人不能。

相反，我还得阻止您。

宝丽娜　　真是胡闹！把诚实、高贵的人禁闭起来，

还不让有身份的人去探望。请问，能否

见她的侍女？随便哪个？能见爱米利娅吗？

狱卒　　夫人，劳驾您

把您的这些侍从全都屏退，

待我去把爱米利娅带来。

宝丽娜　　请你去叫她来。——

你们全都退下。　　　　　　　　　　侍臣及众侍从下

狱卒　　还有，夫人，

你们谈话时，我得在场。

宝丽娜　　好，就这样吧，有劳了。　　　　　　　狱卒下

硬把清白弄脏玷污，比

浸染还过头¹。真是胡闹！

狱卒偕爱米利娅上

好姑娘，
我们尊贵的娘娘可好？

爱米利娅　一个像她那样尊贵但遭冷落的人所能
忍受的也不过如此。由于一直惊恐悲哀——
有哪位金枝玉叶的夫人曾
受过这样的苦——她还没足月就早产。

宝丽娜　是男婴？

爱米利娅　女婴，漂亮的女婴，很健壮，
可能活得了。孩子给了娘娘
不少安慰，她说，"我可怜的
小囚徒，我与你一样清白无辜。"

宝丽娜　这点我相信。国王的举动疯狂
危险，真该死！须把孩子出生的
消息告诉他，他须知道；我
去告诉他，这种差事最好由
女人来承担。如果我说的话
有虚假半点，就让我舌头
起疱生疮，胸中赤烈的怒火²
再不能泄宣。爱米利娅，
请代我向王后问好请安。

1　原文为 to make no stain a stain as passes colouring，其字面意思是：把"无瑕"变成"有瑕"，
比染匠浸染布匹的本领还强。宝丽娜这句话是指：王后本没犯任何过错，却硬被安了个莫须
有的罪名，而且还把她下狱，这个做法太苛刻，太不近人情。
2　赤烈的怒火：原文为 red-looked anger，形容熊熊怒火似红装般袭裹全身，盛怒之人如同走
在军队前面、着一身红装的号兵。

　　　　　　　若她放心把孩子托付给我，
　　　　　　　我将把她带给国王看，并且
　　　　　　　竭力为她说情。看孩子的面，
　　　　　　　他兴许会心软，语言劝说无效，
　　　　　　　无言的天真往往能奏效。

爱米利娅　　最尊贵的夫人，您的正直
　　　　　　　仁心苍天可鉴，您这次
　　　　　　　自告奋勇的行动也定会成功。
　　　　　　　担任此等重大差事，无人
　　　　　　　比您更适合。请您到隔壁
　　　　　　　房间稍坐，我即刻前去把
　　　　　　　您的尊意禀告王后。她今天
　　　　　　　正好也想到了这个计策，但
　　　　　　　恐遭拒绝，不敢轻易开口向
　　　　　　　有身份地位的人相托。

宝丽娜　　　爱米利娅，你告诉她，我会
　　　　　　　尽我口舌之力。若我妙舌生花，
　　　　　　　似胆识从我赤心中涌出，
　　　　　　　毫无疑问我就一定会成功。

爱米利娅　　愿您因此得福！我就去对
　　　　　　　王后说。——（对狱卒）请你过来一下。

狱卒　　　　夫人，要是陛下没有批准，
　　　　　　　王后便要把孩子送走，
　　　　　　　我还不知要遭受什么处分。

宝丽娜　　　你不必担心，长官。这孩子
　　　　　　　只是娘胎里的囚人，按法律
　　　　　　　与天理，一出生便解脱，并

享有自由，她既不是国王震怒
的对象，亦无任何过错，即使
王后有任何过错，也与她无关。

狱卒　　　　这个我的确相信。

宝丽娜　　　你不必担忧。我以名誉起誓，
你若遭受危险，有我为你担责。　　　　　　众人下

第三场 / 第四景

里昂提斯上

里昂提斯　　白天黑夜，都不得安宁。照这样
把此事[1]隐忍只是怯懦，怯懦而已，
要想从我头脑中完全除去扰我安宁
的根由——一部分因那淫妇而起，
可惜那淫夫却逃出了
我的势力范围，使我无计可施，
而她还在我的掌控中。
假如她死了，处以火刑[2]，
兴许我可恢复部分安宁。谁呀？

一仆人上

---

1 此事：指里昂提斯想象中的王后与波力克希尼斯之间的不正当关系。——译者附注
2 火刑：专门用以处罚犯叛逆罪的人。

仆人	陛下？
里昂提斯	孩子可好？
仆人	今晚他睡得很好。
	希望他能病去疾除。
里昂提斯	瞧他有多么好！了解到母亲
	德行有亏，立刻悒悒不乐，
	萎靡不振；此事对他触动
	很深，他把这耻辱牢牢加身，
	失了胃口，扰了睡眠，颓了精神，
	完全枯槁憔悴。让我一个人静静。
	去，去看看他现在的情形。——

仆人下

呸！呸！不要想他[1]。

一想起他，
报复之念又要再生。他自身强大，
又有许多同伙帮手，暂不管他，
伺机再找他算账；目前先报复折磨她。
卡密罗和波力克希尼斯在嘲笑我，
拿我的苦恼伤心当消遣娱乐。
要是我能抓到他们，他们就不会笑，
她在我的掌控中，他们也不会笑。

宝丽娜抱孩子上；安提哥纳斯与众臣上，试图阻止她

大臣甲	你不能进。
宝丽娜	不，诸位大人，请帮帮我。唉，
	难道诸位只怕他的暴虐无道，
	一点不担忧王后的性命？王后

---

1 他：此处的"他"指的是波力克希尼斯。

	贤良纯洁，他完全不该嫉妒吃醋。
安提哥纳斯	够了。
仆人	夫人，陛下昨夜不曾合眼，
	下旨不许任何人进见。
宝丽娜	好先生，别这么凶，我是来
	帮助他冷静心安。你们就
	像影子，晃荡在他身边，
	只要他呻吟一声，你们就
	长吁短叹，是你们使得他
	无法安眠。我诚心一片，
	给他带来良药忠言，
	医治他的顽疾失眠。
里昂提斯	嗬！谁在吵闹？
宝丽娜	不是吵闹，陛下，而是来向您请示，
	看您选谁做您家公主的教父教母。
里昂提斯	什么？把那放肆的
	妇人赶走。安提哥纳斯，
	我吩咐过你不许她来进见，
	我就知道她要来。
安提哥纳斯	对她讲过了，陛下。
	叫她不可以来进见，
	会惹您发怒，害我受牵连。
里昂提斯	怎么？你管她不了？
宝丽娜	他可以管我不做任何坏事。
	但这事，除非他学您——
	把做光明正大之事的我下牢——
	不然，他休想管得了我。

安提哥纳斯	她的话您也亲耳听到。一旦她 要自己掌控缰绳 [1]，我就只好 由她，但她从不摔跤跌倒 [2]。
宝丽娜	国王陛下，我进来了。 请您听我细说：我是 您的忠仆，您的良医， 也是您最恭顺的谋臣， 助纣为虐的事情，我 不会随声附和。老实说， 我从您的好王后那里来。
里昂提斯	好王后 [3]？
宝丽娜	是的，陛下，好王后。我说是好王后， 假如我是男儿身，即便是毫无武艺， 我也愿意与人决斗以证其好。
里昂提斯	（对众臣）赶她出去。
宝丽娜	谁要是对我动粗，叫他留心自己的眼珠。 我要走时自会走，但我先得把差事办了。 您的好王后，真正的好王后， 为您诞下一位公主——这便是 （把孩子放下）——请您赐给她祝福。
里昂提斯	出去！大胆 [4] 妖妇，

---

1 自己掌控缰绳：指宝丽娜要在某件事上自己做主。——译者附注

2 不摔跤跌倒：指宝丽娜会将事务处理得很好，无可挑剔。——译者附注

3 好王后：原文为 Good queen；此处里昂提斯用的是双关语，暗指王后为 quean（娼妓），不好、不贞。

4 大胆：原文为 mankind，意思是"男子气概的，阳刚的；猛烈的，凶猛的"（masculine/furious）。

	带着她 [1] 一起出去。
	最不要脸的皮条客。
宝丽娜	我不是。您在给我乱加罪名，
	对那种事我毫无所知，
	我之正直就如同您之疯狂；
	我相信，随着时间的推移，
	我的正直会得到世人认可。
里昂提斯	（对众臣）你们全都反了！还不把她赶出去？——
	（对安提哥纳斯）把那个野种给她。你这个老
	糊涂虫，怕老婆，被你家的老母鸡 [2]
	赶出了窝。把这个野种抱起来，
	叫你抱起来，还给你家的老母羊。
宝丽娜	（对安提哥纳斯）他硬把恶名加于公主身，
	还命令你把她抱起；
	要是你照他说的做，
	你的双手将永远遭诅咒！
里昂提斯	他怕老婆。
宝丽娜	我希望您也怕。那时候，您再
	不会不认自己的骨肉。
里昂提斯	一伙逆贼！
安提哥纳斯	我对天发誓，我不是。
宝丽娜	我也不是；这里谁都不是，只有一个人才是，
	那人就是他自己。因为他用比刀剑

1　她：这个"她"指的是里昂提斯刚出生的女儿。——译者附注

2　老母鸡：原文为 Partlet（鸡妈妈），是当时对母鸡的拟人称呼。里昂提斯借用来骂宝丽娜，带有
　　贬义，所以译成"老母鸡"。

　　　　　　　锐利的谰言污蔑他的王后、他有前途的

　　　　　　　儿子、他刚出生的孩子和自己神圣的

　　　　　　　名誉。他自己不愿——照目前情形，

　　　　　　　而且无人能劝服他——拔除误念之根，

　　　　　　　这真让人羞愧丢脸。

　　　　　　　那误念已在他心中腐烂，

　　　　　　　坚硬如同橡木或顽石一般。

里昂提斯　　好个口无遮拦的泼妇！

　　　　　　　刚打击完丈夫，现在

　　　　　　　来教训我。这个小畜生

　　　　　　　不是我的，是波力克希尼斯的。

　　　　　　　把它带走，把它和

　　　　　　　那母的 [1] 一起烧了。

宝丽娜　　　她是您的孩子。古话有言：

　　　　　　　子若父，儿女糟。诸位大人，

　　　　　　　你们请看，孩子虽然还小，却有

　　　　　　　一副父亲的五官，与他完全一个貌，

　　　　　　　简直就是他父亲的翻版：皱眉的

　　　　　　　神气、额头、嘴唇、鼻子和眼，

　　　　　　　颊上可爱的酒窝、笑容，甚至人中，

　　　　　　　还有手形、指甲、手指，完全相同。

　　　　　　　伟大的造物神主，您使她的相貌完全

　　　　　　　如其父；如果您要让她遗传父亲的

　　　　　　　性情，其他颜色都行，千万不要有

1　母的：原文为 dam，通常用来指动物，意思是"母兽、母畜"，有很强的鄙夷之意。

黄色 [1]，否则她会像那不认骨肉的父亲，
疑心她的孩子不是自己丈夫的。

里昂提斯　好个疯野妖婆！（对安提哥纳斯）你真
没用，无法让她停住嘴，
你也该拖出去绞了。

安提哥纳斯　若要把所有办不了这事的
丈夫们一律处以绞刑，
您就成了孤家寡人。

里昂提斯　再说一遍，轰她出去！

宝丽娜　就算是最无道、最伤天害理的
昏君，也做不出更多的恶事来。

里昂提斯　我要烧了你。

宝丽娜　我不怕，点火之人是个
异教徒，被烧的人不是。
我不愿称您暴君，但您
对王后残酷至极。完全
是您在捕风捉影，仅凭
单方面的幻想，毫无根据；
您暴露出了残暴、卑鄙，
一定会遭世人耻笑。

里昂提斯　（对安提哥纳斯）你若还有一点忠心，
就带着她出去！假如我是暴君，
她还能活命？若真知道我是暴君，
她绝不敢这样叫我。带她出去！

宝丽娜　不要推我，我自己会走。

1　黄色：从传统意义上讲，黄色是代表嫉妒的颜色。

好好照看您的孩子，她是您的。
愿上苍给她派个更好的守护神！
干吗动手？你们温顺如羔羊，眼见
他发疯使狠不吭声，这对他没有一点好处。
好，好。再见！我们走了。 下

里昂提斯 （对安提哥纳斯）你个叛徒！竟唆使纵容你老婆撒野。
我的孩子？把它扔出去！你这个妇人
之仁的家伙，把它抱出去，即刻去
把它烧死，还要亲眼看着。我不派
别人，就要你去。快把它抱起，
一小时内办完后向我汇报，
而且要拿出处理的证据，
否则没收你财产，要你老命；
如果你违令惹怒了我，
我会亲自动手把这个野种摔个脑浆迸裂。
去，把它扔火里去，
谁让你纵容妻子撒野。

安提哥纳斯 我没有，陛下。
这些大人，我高贵的同僚们，
可以为我辩白，要是他们愿意。

众臣 我们愿意，英明的陛下，
她来这儿闹事与他无关。

里昂提斯 你们全是骗子。

大臣乙 请陛下务必相信我们。我们向来
对您忠心耿耿，请您对我们
也有同样的认识。您的主意
残酷可怕，又血腥，会导致

	不幸发生。看在我们过去和
	将来忠诚的分上，我们跪求
	您收回成命。我们全给您下跪。
里昂提斯	我是任风吹动的羽毛，毫无主见？
	难道我须活下去，见这野种跪于我膝前
	叫我父亲？宁可现在把它烧死，
	免得到时咒骂。罢了，饶它不死，
	它也活不长久。——
	（对安提哥纳斯）你，先生，过来这边。
	先前你是多么好心地
	与那助产婆母夜叉[1]，
	全力保全这野种性命——它真是野种，
	犹如你的灰白胡子一样真实明显，
	为了救这个野种的命，你有何打算？
安提哥纳斯	陛下，凡我能力所及，一切
	正义之事，我都去做。至少
	可以做到这一点：只要一息
	尚存，赴汤蹈火，我也心甘情愿。
	任何可能的事我都会做。
里昂提斯	当然是可能之事。（拔剑）你抚剑发誓：
	你一定会执行我的命令。
安提哥纳斯	我发誓会，陛下。
里昂提斯	小心去做吧，自己多注意！
	要是有一点儿违令，不仅你
	小命没了，还会累及你那

1　母夜叉：对女性的贬称。

口无遮拦的老妻，这次我就

姑且饶恕她。既然是我的忠臣，

那我命令你把这野种抱走，

把它带到离我们国家

很远的荒郊野外，弃在那儿，

不要怜悯它，让它经历风吹

日晒，自生自灭。它非来自

正道 [1]，所以我郑重命令你，

你以肉身折磨和灵魂毁灭起誓：

把它弃在陌生的荒野之地，

死活任命。抱走！

安提哥纳斯 我发誓照做，尽管现在处死反倒

仁慈。（抱起孩子）来吧，可怜的孩子。愿法力

高强的精灵驱使鸢鹰 [2] 黑鸦哺育你，

据说豺狼虎熊也曾抛弃凶野天性，

做过这类慈悲好事。陛下，虽然

您做了这般凶残无道的狠事，

我仍旧祝愿您天命昌运！可怜的

东西，注定会被丢弃！愿上天

赐福于你，助你抵抗残酷厄运。 抱孩子下

里昂提斯 不，我不可能

抚养别人的孩子。

一仆人上

仆人 启禀陛下，您差去询求

---

1 指孩子的出生不合礼不合法。

2 鸢鹰：一种凶猛的猎鸟。

神谕的使者——克里奥米尼斯

和狄温，一小时前已回。

他们从德尔福斯平安归来，

业已登陆，正往王宫赶。

大臣甲 正合您意，陛下。他们的

速度真是意想不到地快。

里昂提斯 他们去了二十三天，

的确很快，

预示着伟大的阿波罗

想让真相早日大白。

诸位，去准备召集审讯会，

好提审这个极不忠贞的女人。

既然有人公开指控她，

就该给她个公开公正的审判。

只要她活着，我就会心忧受罪。

去吧，好好琢磨我吩咐的事情。　　　　　众人下

第三幕

第一场 / 第五景

在路上

克里奥米尼斯与狄温上

克里奥米尼斯　　岛上气候温适，空气和畅，
　　　　　　　　土壤肥沃。神庙的庄严气派
　　　　　　　　亦非几句普通赞美所能表达。

狄温　　　　　我要特别提到的是，那些给我
　　　　　　　　印象最深的神圣的法服——我
　　　　　　　　想应该如此叫它——以及那穿
　　　　　　　　着庄严法服之人虔敬的神情。
　　　　　　　　啊，那种祭礼！在献祭之时，
　　　　　　　　是多么隆重、严肃，又神圣！

克里奥米尼斯　　但最让人惊奇的是，神谕的
　　　　　　　　宣示以及宣布时其震耳欲聋的
　　　　　　　　声音，似天神的雷霆，让我
　　　　　　　　不知所措，觉得自己微不足道。

狄温　　　　　这次行程意义非同寻常，
　　　　　　　　奇妙又快捷。如果此行所得
　　　　　　　　能证明王后清白——啊，
　　　　　　　　但愿如此——才算不虚此行！

克里奥米尼斯　　伟大的阿波罗会使万事
　　　　　　　　朝最好方面发展！那些

强加给赫米温妮的诬蔑，

真让我讨厌。

狄温　　我们这次仓促的行动，

要么翻案平冤，要么定谳结案。

等把阿波罗大祭司密封的神谕打开，

神谕内容自会呈现在大家眼前，

意料不到之事立刻也会知晓。

快，去换马！愿此事大吉！　　　　　　　　　同下

第二场 / 第六景

西西里亚

里昂提斯、众臣及吏役上

里昂提斯　　这次审讯——我们怀着巨大的

悲痛宣布，我的内心也极其

悲伤痛苦——审判对象是一

国王之女，朕之妻，一个

我们如此爱戴之人。无人会指责

我们暴虐，因为我们已按司法

程序公开审理。有罪无罪，

审后自有分晓。押犯人上庭。

吏役　　国王陛下有旨，

传王后娘娘出庭应审。肃静！

赫米温妮被押上，宝丽娜及众侍女随侍

里昂提斯 宣读起诉书。

吏役 赫米温妮，伟大的西西里亚国王里昂提斯之后，敬听！
因你与波希米亚王波力克希尼斯有奸情；又与卡密罗图
谋弑主，谋害国王陛下——你的夫君；因风声提前走漏，
你们阴谋败露未能得逞，而你又背叛忠君之义，暗助奸
贼，使之趁夜逃离。故，你被指控犯有大逆不道之罪，
特押你前来受审。

赫米温妮 我将要说的话定与被控诉的罪名
相反，然我能提供的证词又只有
自己的申述。即使辩称自己无罪，
恐无用处。我的真诚早已被视为
虚伪，即便此刻再表真心忠义，
亦无人会信。若苍天有眼，我相信
自己的清白之身终将使伪造的诬告
惭愧，使残暴面对忍耐时战栗。
陛下，您最心知肚明——可您却
偏偏不愿承认——我过去的生活
是多么贞洁诚心，而如今我是如
何忧愁不幸，这种不幸史无前例，
即便专门差人捏造，恐难可行。
大家看看我，一个国王的枕边人，
王座上也有我一席之位；一个
伟大国王之女，前途无量的
王子之母亲，现在竟沦落为
阶下囚，站在诸位面前为保
性命与名誉而喋喋不休。

生命，我无比珍视，却悲苦
似深秋，为此我愿弃舍；
名誉，须传承后人，为了它，
再冤再苦我也要忍受。
陛下，请自扪良心，
波力克希尼斯来您王宫前，
您对我是如何眷宠，
您的眷宠我完全理所应得。
他来之后，我做了什么礼法
不容的事情，竟落到这步田地。
要是我有半点越礼之处，
无论是行动上，还是思想上，
诸位不必对我宽恕，我至亲
之人大可在我坟墓前把我羞辱。

里昂提斯　我从未听说过，奸夫淫妇们
在矢口否认罪行时，
他们的厚颜无耻会比
当初做这勾当时少。

赫米温妮　话虽不错。陛下，
可这些情形不适合我。

里昂提斯　你不肯承认。

赫米温妮　强加给我的莫须有之罪，
我决不承认。谈到
波力克希尼斯，您指控
我与他私通，我承认我
敬爱他，却未有半点越矩，
而且也符合我的身份地位，

> 如此而已，况且我
> 是遵照您的旨意做。
> 如果我对他不殷勤，既
> 违反了您的旨意，又是
> 对您和您的好友有失敬意；
> 据说您那好友自幼时起，
> 便一直对您友爱恭悌。
> 至于阴谋犯上，我一无所知，
> 就算策划好[1] 让我尝试，我也
> 不知其味道。我只知道卡密罗
> 忠诚正直，他为何离开宫廷，即便
> 是天神，也和我一样，全然不知。

里昂提斯　你知道他[2] 逃走，还知道
　　　　　他们走后你需要做的事。

赫米温妮　陛下，您说的什么
　　　　　我不懂，我的性命
　　　　　完全受您的妄念摆布，
　　　　　成了它们的牺牲品。

里昂提斯　我的妄念拜你所赐。你和波力克希尼斯
　　　　　生下的野种，也是我的
　　　　　错觉？你无羞耻之心——做这
　　　　　种事的人都这样——厚颜无耻，
　　　　　你大言不惭地否认抵赖，反而
　　　　　使事真罪明。你生的那个野种，

1　策划好：原文的 dished 本义为"上菜、开饭"，在此句中意译为"策划好"。——译者附注
2　此处的"他"指的是波力克希尼斯。——译者附注

已被扔弃，无人要，无生父认领，
它本无罪，罪恶在你。所以你才
在此接受我的审判，即使对你
宽大处理，你也别指望会逃过一死。

赫米温妮　陛下，您用不着吓唬我。您用恐怖之物
来吓我，我求之不得。于我，活着
已无益：我生命中最大的幸福与安慰，
便是您的恩宠，可惜再也无法挽回，
已经永远离我而去，尽管我不知它
是如何离去的；我的第二桩快乐是
我身体孕育出的第一个孩子，您不准
我见他，好像我是个身染恶疾之人；
第三个安慰最不幸，刚出生便逢厄运，
纯净的乳汁还含在她纯洁的小嘴里，
就从我怀中被夺去处死；我自己
还被您到处宣称是个淫妇。无论哪种
身份的女人生育后都享有的产褥特权，
您也穷凶极恶地给我剥夺了；
这还不够，未等我产后复原，
您就把我拖到此处，受风日侵凌。
那么，陛下，请您告诉我活着还
有何幸福可言，我还会怕死吗？
审判吧。不过还有一句话——
不要误会我：我不惜生命，在我
眼中它还不如稻草，但我要洗刷我的
名誉。如果您仅凭臆测便判定我有罪，
除了嫉妒作祟外，其他证据不闻不问，

我要说这是酷刑而非法理。
诸位大人，我把自己交付给神谕，
请求阿波罗裁判我！

大臣甲　您这个请求完全合理。
所以，以阿波罗的名义，
恭请神谕！　　　　　　　　　　　　　　若干吏役下

赫米温妮　家父是俄罗斯皇帝。哎，
倘若他还在世，见女儿
在此受审，看到我的不幸
与痛苦，他眼中一定会噙满
怜悯的泪水，而不是仇恨！

吏役带克里奥米尼斯与狄温上

吏役　克里奥米尼斯和狄温，
（执剑）按着这柄正义之剑发誓：
你们到了德尔福斯，
取回了密封的神谕，
由阿波罗的大祭司亲手交与，
之后未曾打开神圣的封泥，
亦未曾私阅其中的机密。

克里奥米尼斯和狄温　这一切我们都愿发誓。

里昂提斯　开封宣读。

吏役　（宣读）王后赫米温妮贞洁无辜，波力克希尼斯王无罪无
过，卡密罗忠心耿耿，西西里亚王嫉妒暴虐，无辜婴儿
是其骨肉，弃婴若不寻回，国王将绝嗣。

众臣　英明伟大的阿波罗！

赫米温妮　感谢神明！

里昂提斯　你没念错？

吏役	没有，陛下。我完全照里面的内容宣读。
里昂提斯	神谕完全不足信。
	继续审判，神谕有假。

一仆人上

仆人	吾王陛下，陛下！
里昂提斯	何事这么慌张？
仆人	唉，陛下，我若说出来，会招人恨。
	您的儿子——小殿下，因胡思乱想，
	担忧娘娘命运，已经去了。
里昂提斯	什么？去了？
仆人	死了。
里昂提斯	阿波罗发怒了，天界诸神在
	惩罚我无道不公。（赫米温妮晕倒）
	怎么啦？
宝丽娜	这消息要了王后的命。
	瞧瞧，死神都做了些什么。
里昂提斯	抬她出去，她只是
	伤心过度，还会苏醒。
	怪我自己疑心太重，
	请你们好生照顾她，
	务必把她救活。——　　　　　众侍女抬起赫米温妮下
	阿波罗，
	请宽恕我对您神谕的亵渎！
	我要与波力克希尼斯重新和好，
	还要重新追求我的王后，
	召回忠良卡密罗，我承认
	他宅心仁厚。我被嫉妒蒙了眼，

冲昏了头，心中只有暴力和复仇，
遣卡密罗去毒杀好友波力克希尼斯。
幸好卡密罗头脑清醒，
尽管我对他威逼利诱，
他不为所动，拖延了我的
草率命令，要不然就已铸成
大错。他这人仁慈厚道，
秘密告知了我的挚友这个阴谋。
他宁可放弃在此地之财富——
你们知道那数目不小——
只剩名誉，甘愿冒险，
委身茫茫前路。
我身心腐朽愚钝，他光辉闪烁；
我为人阴暗卑鄙，他刚正不阿。

宝丽娜　悲伤暂且打住！啊！快
帮我把束身衣解开，否则
我的心会跟着它一起炸开。

大臣乙　这是为何，好夫人？

宝丽娜　暴君，你给我准备了什么酷刑？
是刑车？拉肢刑架？火刑？剥皮？
水煮？灌铅还是油炸？我的话
句句触犯你，你要我尝试哪种
老式、新式的刑具？你暴虐无道，
又嫉妒猜疑——你的妄念连男童
都嫌无聊幼稚，九岁女童亦觉
荒唐可笑——啊，你要是想想你
做的这些好事，你一定会发疯，

完全发疯！因为你以前的错误
荒唐和这回比完全微不足道。
你背叛波力克希尼斯，这不算
什么；只说明你愚蠢；变化无常，
忘恩负义。你让忠良卡密罗毒杀
一国王，使他名誉蒙上污名，
也无关紧要；和滔天大罪相比，
小过而已。把初生的女儿投给
乌鸦啄食，不算是罪恶，或仅是小罪恶，
虽则纵然是鬼魔，做此伤天害理之事时，
亦有忏悔之泪自火眼中迸出 [1]。
小殿下之死也不能直接怪你，
他思虑高贵——尽管小小年纪——
看见痴愚的暴父，把贤德的慈母
万般侮辱，便心碎命休，这事我
也不怪你。但最后一件——啊，
诸位大人，若我说出，你们定会恸哭！
王后，王后，最温柔的、最亲爱的人，
命休人崩，而这冤仇尚未得报。

大臣丙　天神不会让她死！

宝丽娜　我发誓王后确已驾崩。若是
发了誓还不信，你们可亲自
去看。若她眼里唇间还有光泽
血色半点，喉头吐得出呼吸，
身上发得出温热，我便把诸位

1　据说，魔鬼在作恶前或受地狱之火焚烧时，烈火般的眼中会流出眼泪。

当作天神膜拜叩头。可你这暴君啊，
不必为这些事忏悔，因为它们太沉重，
你痛苦悔恨也不起作用，等待你的
只有绝望。即便你不吃不喝，袒胸露腹，
长跪荒山巅头一万年，
经受寒冬风暴反复不断，
亦不能感动天神把你宽恕。

里昂提斯　说吧，继续说。
你怎么说都不嫌过，
恶毒咒骂我罪有应得。

大臣丁　（对宝丽娜）别再说。纵有千错
万错，对国君出言
无忌亦是过火。

宝丽娜　真抱歉。若我犯错，一旦发觉，
便会很后悔。唉，作为女人，
我太不顾后果，不过他终于
良心醒悟。悲伤悔恨已无用处，
因为木已成舟。别为我的话
苦恼难过；我宁愿求您惩罚我，
不该使您想起往事，往事总是
不堪回首。现在，我的好 [1]
君主，国王陛下，请宽恕我
无知糊涂。我敬爱您的
王后——瞧，又犯傻了！——
再不提她，再不提您的孩子，

1　好：反语，讽刺里昂提斯残酷无道。——译者附注

也不在您面前提我那拙夫，
尽管他音信全无。愿您能安心
忍耐承受，我什么都不说了。

里昂提斯 你的话句句在理，
我听得进，也能接受，你也
不必怜悯我。求你带我
去看看我王后和儿子的
尸体，应把他们合葬在
一个坟墓里，墓碑上要
刻下他们死去的真实缘由，
以永志吾过。我要每天去
埋他们尸骨的教堂思过，
痛哭哀思度我余生；我若
尚有一息在，我的誓言永不违。
请你带我去见见他们的尸体。　　　　　　众人下

第三场 / 第七景

波希米亚海边
安提哥纳斯抱孩子与一水手上

安提哥纳斯 你能确定，我们船停靠的地方
就是波希米亚的荒岸？

水手 是的，老爷。但恐怕我们来得

不是时候，天空阴沉昏暗，
怕是有风暴来临。依我之见，
眼前这种天气，分明是老天
在发怒，对我们要做之事不满。

安提哥纳斯 天意不可违！你回船
上去，好好把船看管，
要不了多久我便回返。

水手 您快去快回，不要走得
太远，恶劣天气说变就变。
并且，此处是有名的野兽
出没地，难免会有危险。

安提哥纳斯 你去吧，我随后就来。

水手 我打心底高兴，
这事终于可以脱手。 下

安提哥纳斯 来，可怜的孩子，我听说过，
但没信过，死人的灵魂会出现。
假如是真，昨晚你母后对我
显灵了，因为梦未曾有如此
清晰。一个人朝我走来，头
有时侧在这边，有时耷拉在
另一边，我从没见人这样
哀伤满面，却魅力无限。
素衣白练，圣洁庄严，
来至我的船舱前，向我三鞠躬，
泣不成声，泪如涌泉。
痛苦一阵后，哽咽着说出
下面的话："好安提哥纳斯，

命运使你违背善良本性，选你做抛弃
我可怜孩子的凶手，你按照
许下的诺言，要将其丢弃
在波希米亚这辽远之地。
含泪将其弃在那里，任其哭叫吧。因为这孩子
算是永远被遗弃了，就请你为其取名潘狄塔[1]。
你奉我夫君之令做了这件卑鄙的事，
将再无法见你的妻子宝丽娜。"
说完后，几声尖啸[2]，
她便消失得无影无踪。我惊吓不已，
立刻强自镇定，觉得事情真实，
肯定不是睡梦所致。梦幻不足凭信，
但这次，我却深信不疑，
还要认真听取梦给我的指示。
我确信王后已被处死，若这孩子确实
是波力克希尼斯的，阿波罗一定希望
我把她放在这里，是死是活，
总归是在亲生父亲的国土上。
（放下装孩子的箱子和包裹）小宝贝，愿你平安！
躺在这儿吧，你的身世，这些文书上有写明，
以及一些金银珠宝[3]，若你运气好，它们足够
供你安身立命。（雷声）暴风雨来了，可怜的东西！
你母后犯过，竟害你也遭抛弃，

---

1 潘狄塔（Perdita）：字面意思是"被遗弃的孩子"（the lost one）。
2 尖啸：通常，鬼怪会高声尖叫。
3 金银珠宝：原文为 these，此处意为"金银珠宝"。

会有什么样的后果，无人能预计。
虽哭不出来，但我内心在淌血，
我发过誓，这事就不得不做，真是倒霉。
永别了！天怒脸色越加阴沉，你恐怕要
听到一首狂暴的催眠曲，我从未见白昼
如此阴暗不明。什么叫声这般恐怖狰狞！
但愿我能平安上船去。有头被逐的野兽
冲向这里！我准要没命！　　　　下，身后有熊追逐

牧人上

牧人　　　但愿人生没有十岁到二十三岁这段时间，或让年轻人在
睡梦中把它打发掉。在这期间，除了玩女人生孩子，侮
辱尊长，偷窃，打斗，就无别事可干。你们听！除了那
些十九岁到二十二岁间的愣头儿青，还会有谁在这种天
打猎？他们吓跑了我两头顶好的羊。它们在被找到前，
或许早成了狼的盘中餐。要找羊，估计得去海边，它们
在那里啃着常春藤蔓。求老天爷保佑我能找到。（看见孩
子）这是什么？天哪！是个孩子！很漂亮的孩子！不知
是男是女？一个漂亮孩子，很漂亮的。定是个私生子。
我虽没读过几天书，可读过一些侍女的风流秘史。这孩
子是那些搭梯子、钻箱子、溜后门儿的人的果子[1]；他们
激情快活，却把可怜的孩子扔在这儿。我要行个好抱它
起来，还是等我儿子来了再说。他方才还在叫我。喂，
喂，喂！

小丑上

小丑　　　嘿喽！喽！

1　牧人意指：那些被遗弃的孩子往往是搞不正当关系的人生下的私生子。——译者附注

牧人	怎么？你在这儿？要是你想看一件到你身死骨头烂的时候还想向别人讲起的事，你就过来。什么吓着你了，孩子？
小丑	我见了两件惨事，一件发生在海上，一件在岸边。但我不好说那是海，因为海现在已经连上了天，海天之间，插不进一个针尖。
牧人	咋了？孩子，怎么回事？
小丑	我希望您也看到大海是如何发怒，如何咆哮，如何吞没海岸！这还不算，那些可怜虫叫声凄厉悲惨，他们有时可见，有时不可见，忽然船桅戳进月亮里面，好似把木塞插入大桶里，随后整个被水沫吞咽。说到岸上那场搏斗，一头熊扯下那人的肩胛骨是我亲眼所见，他自称是贵族安提哥纳斯，不停向我求救呼喊。可我需要先把发生在海上的惨事讲完：只见海水一口把船吞淹，那些可怜人不停狂吼呼喊，但大海冷漠依然。那位可怜贵族也是拼命叫唤，大熊亦是漠视不管，他们的叫声比海啸风号都传得更远。
牧人	真可怜！什么时候的事，孩子？
小丑	才不久，就刚才。见了这情形后我还没来得及霎霎眼。沉入水下之人的尸骨还未寒，岸上那人还没被熊吃掉一半。熊正吃呢。
牧人	要是我在，倒可以救救那老人！
小丑	我倒希望你在船边，搭救搭救，不过你的好心怕是使不上劲[1]。
牧人	真惨！真惨！但你瞧瞧这个，孩子。感谢上帝保佑吧。

---

1 如果牧人救安提哥纳斯，会被熊吃了；要救船上的人，船又离岸很远，他够不到。——译者附注

你遇见将死之人，我却遇见新生之人。给你看样东西，你看，富贵人家给孩子穿的褓衣。瞧这儿，拿起来，拿起来，孩子。解开它，对，我们看看——有人曾对我说，神仙会保佑我发财——它一定是个被神仙调了包的婴孩[1]。解开来，里面是什么，孩子？

小丑　　（打开盒子）您老发财啦！如果您年轻时犯下的罪过能得到饶恕，您可以享福了。金子，全是金子！

牧人　　这是神仙送来的金子，孩子，绝对没错。收起来，悄悄藏好。回家，拣近路回家去。孩子，我们交好运了，若要好运长久，必须严守秘密。羊就由它们去吧，走，好孩子，拣近路回家去。

小丑　　您带着捡到的东西走近路回家吧。我去看看那熊走开没有，看它吃了多少，这种猛兽只在饥饿时野性发作。如果那个人留下有残骨剩肉，我去给他掩埋掉。

牧人　　那是个善事。如果你发现留下的物件能识别他的身份，记得喊我去看看。

小丑　　圣母马利亚，我会的。你也好帮着把他埋了。

牧人　　今天运气真好！孩子，我们要多做好事。　　　　　同下

1　被神仙调了包的婴孩：在民间故事中，仙女常将婴孩调包。

第四幕

第一场 / 第八景

剧场

致辞者扮时间上

时间　　　我令少数人心欢，却把一切检验，

善善恶恶，有欢乐就会有磨难；

我制造过失，亦让过失自个儿显现；

请为我取名时间，好让我羽翼舒展。

我总稍纵即逝，但不要为此心生埋怨，

我匆匆跨过十六年，略去中间

经过不详谈；推翻规律法则，

一小时内把习俗创建又推翻，

这全是我手中权限。我要依然故我，

来去自在，古往今来的规则

束缚，抛在九霄云外；亲眼

见过往事不堪的古代，亦要

见识当前的流光溢彩，再把

它变得冗长乏味，一切重新洗牌，

如同我的故事陈旧无奈。

若各位看官耐性允许，

我便翻转时间沙漏，呈现新剧情，

就当各位睡了一场，刚从睡梦中苏醒。

话说里昂提斯熊熊的炉火，铸就了

大错，正闭门思过。诸位看官，
请想象我在美丽的波希米亚，
此时此刻，国王有个儿子，
你们务必要记得，人们唤他
弗罗利泽。话说潘狄塔，
如今出落得貌若天仙，她随后的
境遇如何，恕我不便明言。待时机
到来，大家自会明白。那个牧人
做了她的父亲，对于她的未来，
时间会向大家一一说明。若先前
更糟之时诸位已度过，还请继续观赏；
如果不曾度过，时间有一言相告，
他诚恳希望诸位不会感到糟糕无聊。　　　　　下

第二场　／　第九景

波希米亚王宫

波力克希尼斯与卡密罗上

波力克希尼斯　　好卡密罗，请别再固执坚持，拒绝你我会痛苦难过，答
　　　　　　　　应你又会要了我的命。

卡密罗　　　　我离开故国已十五载 [1]，尽管长期生活在国外，我想要把老

1　此处的"十五载"与前文中时间所说的"我匆匆跨过十六年"不一致；这或许是抄写员抄错
　了，也可能是作者笔误。

骨送回故乡埋。此外，我那旧主，悔不当初，硬要召我回去。见着我他的痛苦就会减轻，或者我可以这样推测，这也是我急着回去的另一动机。

波力克希尼斯　卡密罗，既然你疼爱我，请不要现在就离开我而把过去的辛劳都一笔勾销；你宅心忠厚，我不能没有你；宁愿当初不曾遇到你，也不愿现在没有你。你处理事务技艺超群，无人能及，你得留下来继续辅佐我，否则你创下的基业就会前功尽弃；这些事情我考虑不够仔细，尽管我已尽力。无论怎么报答你都不为过，但我还没想好如何报答你，今后我须好好研究如何表达我的感激，这样我会得益，亦会增加我们的友谊。至于那个要命的西西里亚，请不要再提起，一提起就让我痛苦不已，勾起我对你的旧主，我那位兄弟的回忆。他愧疚悔过，说要和我握手言和，把之前的误会清理；他痛失珍贵的王后和孩子，今日思来亦令人悲叹惋惜。说到这，你可有见过我的儿子弗罗利泽王子？当王的见子孙不肖，或子孙品行优良却早早失去，都一样不幸。

卡密罗　陛下，殿下我有三天没看见。他在做什么消遣，我一无所知。我注意到他近来不在宫里，也不像从前那样热心于合乎王子身份的技艺活动。

波力克希尼斯　我亦注意到了这种情形，卡密罗，而且颇为忧虑，故我遣了人去调查个究竟。耳目来报说，他常去一个普通牧人家里。据说，那牧人异常神奇，白手起家，一下子变得家财万贯。

卡密罗　陛下，此人我也听说过；他有个绝世美丽的女儿，关于她的传闻远播四方，谁都不相信她出生于乡间村舍。

波力克希尼斯　我也得到了类似的消息。可我担心这是诱我儿子前去的

陷阱。你得陪我前去，乔装打扮，找那牧人谈谈以便摸

底。他头脑简单，不难从他口中询出我儿子常去的原因。

请你同我前去，回头再说回西西里亚。

卡密罗　　　　谨遵陛下旨意。

波力克希尼斯　我最好的卡密罗，我们先得假扮一番。　　　　同下

第三场 / 第十景

波希米亚乡下

奥托吕科斯[1] 唱歌上

奥托吕科斯　　当水仙花初开放，

　　　　　　　　嗨！山谷那边有位美娇娘，

　　　　　　　　那是一年最美的时光，

　　　　　　　　严冬藩篱锁不住热血张狂。

　　　　　　　　炫白被单篱上晾，

　　　　　　　　嗨！鸟儿歌声甜美回荡，

　　　　　　　　使得我春心荡漾[2]，

　　　　　　　　美酒—喝胜帝王。

1　奥托吕科斯（Autolycus）：字面意思是"狼这东西"或"孤独的狼"；在古典神话中，奥托
　　吕科斯是个盗窃高手。
2　这句话意义不明确，可能指这种好天气会勾起他行窃的欲望，也可能指会引起他的情欲。

百灵欢乐把歌唱，

嗨！画眉松鸡来帮忙，

唱得我和婆娘心痒痒，

云雨欢情难阻挡。

我曾侍奉弗罗利泽王子，穿过顶好的丝绒，但现在却下了岗。

好人儿，我要不要因此而忧伤？

苍白的月光把黑夜照亮，

照我四处寻觅东游西逛，

我完全走在正道上。

要是补锅匠能背上猪皮行囊，

自由从职不受碍防，

我也承认我属这一行，

无须枷锁镣铐加我身上。

我做被单买卖，鹬子搭窝筑巢，少不了衔走一些零星布料[1]。家父为我取名叫奥托吕科斯；那个名字和我一样的人，出生[2]时受水星[3]影响，专爱顺手牵羊，偷取别人不太注意的零碎物品。我赌博、逛窑子，竟落得这身装束，为生计还需把行骗依靠。拦路抢劫太招摇，拷打上绞我会受不了。将来打算，暂抛掉。（他看见小丑走来）生意来啦！生意来啦！

小丑上

1　鹬子会衔晾在篱笆上的床单去搭窝筑巢，也指奥托吕科斯偷晾在屋外的床单去卖。

2　原文为 littered under，其意思可以是"父亲是"或"受……影响出生"。此句中，取后一种意思，暗指奥托吕科斯身上的贪婪性格。

3　原文为 Mercury，有两个意思：一指罗马神话中的偷盗之神；一指水星。

小丑	我想想，11 只羊产毛 28 磅，可卖得 21 先令 [1]；那 1500 只羊的毛值多少钱？
奥托吕科斯	（旁白）若网儿牢，猎物无处逃。
小丑	不用筹码我算不出。我想想，为了办剪羊毛宴会，我要买些什么？糖三磅，醋栗五磅，大米——妹妹要米作甚？但这次宴会父亲让她做主，她一丝不苟地开始筹备了。她已经为剪羊毛手和唱男声三部曲的人准备了 24 束花；唱三部曲的都是些能手，不过大多数唱中音和低音，其中还有个清教徒，和着角笛唱圣歌。我还得弄些番红花给梨饼染色。要买豆蔻料和枣子吗？不要，购买单上没有。豆蔻仁，七枚；一两块姜，不过可以向人家讨要。四磅李子脯，同样多的葡萄干。
奥托吕科斯	（匍匐在地）啊！我好苦啊！
小丑	好可怜。
奥托吕科斯	啊！帮帮我，帮帮我！帮我脱掉这身破布衣服，然后我再死！
小丑	哎呀，可怜的人。你不要脱，还应该多加些破衣服。
奥托吕科斯	啊，先生。这身衣服令我憎恶讨厌，甚于我受过的无数次狠抽痛扁。
小丑	哎，可怜的人儿，挨了这般打，结果肯定很惨。
奥托吕科斯	先生，我被抢了，还挨了打。我的钱和衣服都被抢了去，还被套上这些令人厌恶的东西。
小丑	什么？是骑马来抢的 [2]，还是走路来抢的？

---

1 小丑的意思是：11 只羊产毛 12 千克，也就是 1 托德（羊毛重量单位），1 托德等于 28 磅；1 托德羊毛能卖 1 英镑零 1 先令；1 先令等于 1/20 英镑，即 0.05 英镑。
2 指旧时骑马在大路上拦路抢劫的强盗。

奥托吕科斯	走路的，好先生，走路的。
小丑	嗯，照他留给你的衣物来看，应该是个徒步脚夫。若是骑马的，衣服会有磨损。把手伸过来，我扶你起来。来，伸过来。（扶他站起）
奥托吕科斯	啊！好先生。轻点儿，啊！
小丑	哎，可怜的人！
奥托吕科斯	啊！好先生，轻点儿，好先生！恐怕是肩胛骨脱臼了。
小丑	怎么？站不起来吗？
奥托吕科斯	（扒小丑钱包）轻点儿，好先生。好先生，轻点儿。你对我做了件善事。
小丑	你有钱吗？我给你一些。
奥托吕科斯	不，好先生。不，请别给，先生。离这儿不远处，我有个亲戚。我要去投奔他，到了那里我就有钱了，我所需之物也会有。别给我钱，我求你。否则，我会伤心难过。
小丑	抢你的人是怎样一个人？
奥托吕科斯	先生，依我看，那人生活放荡，喜欢拈花惹柳。据说，他曾经服侍过王子。好先生，我不知是为他哪桩美德，但他的确被鞭打出了王宫。
小丑	你应当说败德。有德之人不会被赶出王宫。人们珍视美德，想要把它存留；它即使要停留，也只有短暂几分钟。
奥托吕科斯	败德，我该这么称呼，先生。我跟这个人很熟。他先做过耍猴艺人，后来当过官差，还演过关于浪子[1]回头的木偶戏，娶了个离我家地产一里内一补锅子的老婆。在干了很多不正经的事后，结果成了个流氓之徒。有些人称

---

1 浪子：出自《圣经·新约》中的一则寓言故事；故事的主人公是一个年轻小伙子，他挥霍光了继承来的财产，但其父原谅了他。（见《路加福音》第十五章）

他奥托吕科斯。

小丑　　　　不像话！定是个惯偷，我敢说，惯偷。他专挑乡会、集市和斗兽场下手。

奥托吕科斯　没错，先生。他就是，先生，就是他。就是这个流氓给我罩上的这身衣服。

小丑　　　　他是全波希米亚最怯懦的流氓。只消你摆出架势，啐他一口，他就会被吓跑。

奥托吕科斯　不瞒您说，先生，我不会和人打架。他肯定知道我狠不下心那样做，所以才胆敢这样对我。

小丑　　　　你现在怎样了？

奥托吕科斯　好先生，比刚才好多了，能站起来走路了。我得向您告辞了，慢慢走到亲戚家去。

小丑　　　　要我陪你去吗？

奥托吕科斯　不，和气先生。不用啦，好先生。

小丑　　　　那再见了。我得去买准备剪羊毛宴会用的调料。　　　下

奥托吕科斯　祝您好运，好先生！您的钱可不够买调料。我还会同您一起参加剪羊毛宴会，挨个挨个地骗，骗得那伙剪羊毛的人团团转，不然我就不是流氓懒汉，而是好人簿上的一员。

（唱着歌）

向前，向前，踏着小道向前，

翻墙越篱心不烦啊；

心欢时可走一整天，

心悲时一里路都觉远啊。　　　　　　　　　下

第四场 / 第十一景

穿牧羊装的弗罗利泽与潘狄塔上

弗罗利泽 你身上各部分的装束独特，
多么生机勃勃，你不像牧家女，
而像四月初的花神[1]。你操办的
剪羊毛宴会亦像是众神小集会，
你便是集会上的仙后。

潘狄塔 公子，我的好殿下。要是责备
您的古怪装扮，那是我的失礼——
啊，对不起，这些话还是溜出了嘴！
您身份尊贵，万众瞩目，
却穿着乡人的粗布衣服；而我，一个
卑微的贫家女，却盛装打扮成女神
模样。幸亏我们宴会上菜时总免不了
一些胡闹，大家对此又习以为常，
否则看您这样打扮，我真觉脸红，
再照镜自观，几乎要晕倒。

弗罗利泽 真感谢那天我的
好猎鹰误入了
令堂的田宅庄园。

潘狄塔 愿朱庇特神给您理由！依我看，
您与我门不当户不对，徒增惧畏。

---

1 花神：佛罗拉（Flora）是罗马神话中的女花神。

> 您地位尊贵，自然向来无惧无畏。
> 但一想到您父王，我全身不寒而栗，
> 生怕他像您偶然路经此地。神啊！
> 要是他见宝贝儿子穿得这样粗劣简陋，
> 他会作何反应？他会说些什么？
> 而我却摆弄着借来的花哨装束，
> 怎敢面对他庄严的威容。

弗罗利泽　　　不要担心害怕，
> 尽管享受欢乐愉快。
> 天神为了恋爱，
> 也会不惜屈尊化身为兽：
> 朱庇特变成牛[1]，哞哞作鸣；
> 绿色海神变成羊[2]，咩咩叫响；
> 穿火袍、闪金光的阿波罗，
> 像我现在的样，装作穷酸的乡村郎。[3]
> 他们化身追求的对象没有你的俊美模样，
> 他们的举止也不及我正派，
> 因为我不让情欲压倒名誉，
> 亦不让欲望比信义更炽烈。

潘狄塔　　　哎，殿下，
> 但是国王一定会反对，
> 您的决心亦恐难持久，

1　在古典神话中，罗马主神朱庇特（Jupiter）把自己变成一头公牛，诱拐了少女欧罗巴（Europa）。

2　在罗马神话中，海神涅普顿（Neptune）变成一只公羊，抢走了美丽的忒俄法涅（Theophane）。

3　在希腊神话中，太阳神阿波罗（Apollo）装扮成牧羊人模样，引诱了阿尔刻斯提斯（Alcestis）。

其结果将是两种情况必居其一：
不是您改弦更张，
便是我有性命之忧。

弗罗利泽　　　最亲爱的潘狄塔，请勿有这样的离奇想法，
以免扫了宴会的好兴致。
我的美人，我要么心专属于你，
要么与父王断绝情义。若是我
不能属于你，那我就不再是我
自己，亦不会属于任何人。
我心意已决，即便命运反对亦无济。
心肝儿，笑一笑，想想眼前的美好，
把无聊的想法除掉。你的客人们来啦，
要振作快乐，
把今天当成庆祝
我俩约定举行的婚礼。

潘狄塔　　　　啊，命运之神，
请常驻我们左右！

弗罗利泽　　　看，你的客人到了。
招待客人时要高兴快乐，
要把宴会搞得风风火火。

牧人、小丑、毛普莎、多尔卡丝及余人上，波力克希尼斯与卡密罗乔装改扮上

牧人　　　　　哎哟，女儿呀！我那老妇在时，这一天，
她可是个多面手：杀鸡宰鹅，劈柴生火，
既是主又当仆，临门迎客，桌间亲侍候，
堂前献唱，厅后起舞，时而在席桌
上首，时而穿梭其中，时而在这人
肩头斟酒，时而在那人身边劝酒。

因劳累她脸颊火红，尽管要
喝点东西解乏，她也会举杯向在座
每个人祝酒。而你却躲躲闪闪，似来
赴宴的客人一般，全不像女主人在
主宴。请你过来笑迎这些不熟识的
朋友，这样大家才更能彼此
相识，成为好友。来，不要脸红
害羞，把自己当作女主人，待人接物
大方从容。去说：欢迎参加我家的
剪羊毛宴会，祝愿你们家六畜兴旺繁盛。

潘狄塔　　　（对波力克希尼斯）先生，欢迎光临！我承家父
之命，担任今天宴会的女主人。——
（对卡密罗）先生，欢迎光临！——
多尔卡丝，把花给我。——贵客，请
拿好为您准备的迷迭香和芸香，（递过花）
漫长寒冬它们能风姿依然。
祝愿二位永得神恩，永不被忘记，
欢迎光临剪羊毛宴会！

波力克希尼斯　牧羊女，你容颜娇丽——
你用冬季之花来配
我们的年龄，恰到好处。

潘狄塔　　　先生，一年的时光渐老，
夏日余晖未消，肆虐寒冬
未到。时下最美花卉莫
过于康乃馨和被称为
"自然私生儿"的斑石竹。
可惜平常人家不曾栽种，

	而且我也不愿采摘。
波力克希尼斯	好姑娘，你为何 不喜欢它们呢？
潘狄塔	因我常听人言，它们 虽鲜艳斑斓，却是 人工配种，而非天然。
波力克希尼斯	即便如此，人工仿天然， 使得自然更绚烂，故有 胜天力之人力，得自然 孕育而生。好姑娘， 你瞧，野树根株嫁接上 良种嫩枝，低贱的树干 也会孕育出良种新芽， 这便是人力补自然力之短， 或者说是人力改变自然， 因为人力本身即是自然。
潘狄塔	的确如此。
波力克希尼斯	你可在园中多栽斑石竹， 也不必叫它杂种花。
潘狄塔	我不愿把它的幼苗栽种，犹如 不希望小伙在我盛装打扮后， 才称赞我容颜娇娆，才想和 我结为相好。（递过花）这是给您的花： 馥郁的薰衣草，薄荷， 香薄荷，马郁兰，以及 夕合晨开露满花的万寿菊。 这些是仲夏之花，

我想它们应该送给中年男性。

欢迎光临寒舍！

卡密罗　　　如果我是你的一只羊，

我会废食，靠凝视你过活。

潘狄塔　　　行啦，哎呀。真是那样，

你会形容枯槁，一月的寒风

就要把你吹个透。——

（对弗罗利泽）现在，我的

挚友，我真希望拥有春天

的姣美花朵，以便般配你

青春洋溢的如花妙龄，——

（对众牧羊女）还有你，还有你，你们

纯洁的蓓蕾高挂枝头，含苞待放。——

噢，普洛塞庇娜[1]，真想现在

就有你惊慌中从狄斯[2]车上

遗落的花儿：那在燕归前盛开、

貌美迷醉三月风的水仙花；羞怯的

紫罗兰，但娇艳赛过朱诺[3]的媚眼，

比基西里娅[4]的呼吸更香甜；色淡的，

1　普洛塞庇娜（Proserpina）：在奥维德的《变形记》中，罗马神话中的谷物女神刻瑞斯（Ceres）
的女儿普洛塞庇娜在采花时，被冥王狄斯（Dis）诱拐了。狄斯把普洛塞庇娜抢来放在他的
战车上，把她载到了自己统治的阴间。

2　狄斯：罗马神话中的冥王，在希腊神话中被称为普路同（Pluto）。

3　朱诺（Juno）：罗马神话中的天后，主神朱庇特之妻，是妇女及婚姻的保护人，相当于希腊
神话中的赫拉（Hera）。

4　基西里娅（Cytherea）：女神维纳斯（Venus）的别名，源自传说中她的居住之地基西拉岛
（Cythera）。

不曾受福玻斯[1]阳光滋润便孑然
死去的报春花，就如受病魔
摧残的薄命红颜一般；
勇武挺拔的高报春花和王贝母；
各种百合，鸢尾花亦是其中一种。
哎，只可惜没有这些花，
也无法为你们做成花环，
也不能给我的朋友全身洒遍。

弗罗利泽　怎么，像花葬一般?

潘狄塔　不，是要铺花如茵褥，供恋人们偃卧嬉戏，
不是用花覆尸。即使是，也不让娇花
随腐尸入土，而是在我怀抱里生命常驻。
来，拿上您的花儿。我简直就同那些在
圣灵降临节牧歌戏里的扮演者一样放肆了，
定是这身袍子坏了我性格。

弗罗利泽　你是百尺竿头，越做越好。
亲爱的，愿听你喃喃细语，
永不停口。无论集市买卖，
布施祈祷，还是操持家务，
皆愿你常展莺莺歌喉。当你
翩翩起舞，愿你如海中浪花，
只是不住地翻滚；永远在动，
永远这样动，不做任何别的事。
你做事总是风格独特，
思虑周到，无差错无遗漏；

1　福玻斯（Phoebus）：希腊神话中太阳神阿波罗的别名。

你是行为处事中的高手，

堪比王后。

潘狄塔 啊，道里克尔斯 [1]，你的

谬赞，实不敢当，要不是

念你年少无知，真诚天真，

是个纯洁善良的牧人，

我的道里克尔斯，我怀疑

你对我献殷勤别有用心。

弗罗利泽 我想你无须怀疑我的用意，

我亦无使你怀疑的企图。

来吧，请与我共舞。让我紧握

你的纤纤玉手，我的潘狄塔，

我愿与你鸳鸯同池，永不分离。

潘狄塔 我愿为此发誓！（他们退至一旁）

波力克希尼斯 （对卡密罗）她是牧场上最美碧玉小家女，

她的行为仪态，似有

大户人家的高贵气质，

不像是出自小户人家。

卡密罗 他在她耳边说了几句，

她就羞得脸红耳热。的确，

她是牧场上的王后。

小丑 来，奏乐！

多尔卡丝 毛普莎一定会做你的舞伴。哎呀 [2]，

---

1 弗罗利泽王子用的假名。

2 原文为 marry，在古语和方言里，意思是"哎呀、真是"，表示惊愕、愤怒、讥讽等。——译
者附注

	别忘了含蒜瓣，接起吻来气味好点[1]。
毛普莎	哼，狗嘴里吐不出象牙！
小丑	别说了，别说了，保持形象。
	来，奏乐啦！（音乐起）

男女牧人开始跳舞

波力克希尼斯	请问，好牧人，那位与 令爱跳舞的公子哥儿是谁?
牧人	他叫道里克尔斯，自称 家有肥沃的牧场地，他的话 我相信，我曾听他亲口谈及， 他看上去真诚老实。他还说 深爱我家小女，我也这样认为。 就算月亮眼不离流水，也不及 他那深情凝望小女的双眸。 老实说，要从他们的接吻上 分出谁更爱谁是不可能的。
波力克希尼斯	她的舞跳得很美妙。
牧人	她样样都精，虽然我不该 这样自夸。若是年轻的 道里克尔斯真能娶到她， 她会给他带来梦想不到的好处。

仆人[2]上

仆人	啊，主人，要是你听了门口小贩的叫卖，你再不会随着

---

1 多尔卡丝让小丑含蒜瓣，以便他与毛普莎接吻时不用闻到毛普莎的难闻口气。此言是讥讽毛
  普莎的口气太难闻，连大蒜味都比她的口气好闻。

2 牧人（潘狄塔的养父）家的仆人。他家雇有仆人，表明虽然地位不高，但家境殷实。

鼓乐笛声跳舞了。不，即便是风笛，也激不起你的兴致。他唱了好几支曲子，比你数钱都快。他唱曲娴熟，信手拈来，似乎肚中装有万千歌谣，大伙儿都被他的歌声迷住了。

小丑　　　他来得正好，让他进来。若是用快活调子唱悲伤事，或者用凄凉调子唱开心事，这类歌谣我是最喜欢。

仆人　　　他能唱各式各样的歌，适合男女老少。就算是帽服手套商，也不可能像他那样能满足各色需求。对姑娘们，他能唱最可爱的情歌，不粗俗下流，真是怪事，而且副歌叠句[1]也很优美，唱的是"扑向她，快活她"[2]。若有下流家伙要开个玩笑，插进一段淫词艳调[3]，他就模仿姑娘口吻答道，"哎哟，别害我，好人儿"[4]，把他摆脱开了，唱一声"哎哟，别害我，好人儿"，就把他岔开了。

波力克希尼斯　　真是个胆大放肆的家伙！

小丑　　　是的，你谈到的那个人简直就是个耍花样的高手。他可有什么新鲜货物？

仆人　　　他卖各色丝带，饰带花边数量众多，应有尽有，就算全波希米亚所有律师一齐出动也数不清楚，有亚麻的、粗纱的、细麻纱的、精亚麻的。哎，王婆卖瓜自卖自夸，仿佛都是些神仙品质。连袖口和胸前的那点儿刺绣，他也吹得天花乱坠，使你觉得女式内衣都是女天使。

小丑　　　请带他进来，让他一路唱着进来。

1　原文为 dildos and fadings，意为"用在副歌叠句中的废话、胡话"；dildos and fadings 为双关语，暗指"假阴茎"和"性高潮后"。
2　双关语，有性暗示。
3　指在歌词中添加淫秽下流的词。
4　隐晦的下流话，有性暗示。

潘狄塔	（仆人向门口走去）预先吩咐他歌词里不许有下流粗俗的脏字眼儿。
小丑	妹妹，有些小贩还真有点儿本事。
潘狄塔	哎，好哥哥，希望如此。

奥托吕科斯唱着上（他戴着假胡子，背着包袱）

奥托吕科斯	（歌曲）

> 精亚麻，洁白如雪花飘荡，
> 黑绉纱，像乌鸦一样黑亮，
> 手套散发着玫瑰香，
> 脸罩鼻罩遮太阳，
> 琥珀项链，镯子闪光，
> 香料散香装闺房，
> 绣肚罩，密织帽儿色金黄，
> 小伙儿买来送给亲爱的姑娘，
> 钢做的别针和烙衣棒，
> 各色货物买来装满百宝箱，
> 来买快来买，来买，来买哟！
> 小伙儿们快来买，否则姑娘们要哭喽！

小丑	要不是我爱上了毛普莎，你休想赚我的钱。既然做了爱情奴隶，就得买些丝带与手套。
毛普莎	你曾答应为我买，好在宴会上穿戴，不过现在买还不迟。
多尔卡丝	他答应给你买的不止这些，否则他说的就是些谎话。
毛普莎	他答应给你的全都兑现了，也许他还多给了[1]。你要是把他多给你的还给他，可就丢脸了。

---

1 此处的"给"为双关语，暗指性行为；"多给了"则暗指怀了私生子。

小丑	女人就没有风度么？抛头露面时难道要让衬裙上的衩口[1]大敞着么？你们不可以在挤牛奶时，入睡前，或是灶前悄声谈论，而非要当着客人的面叽扯不停么？客人们都在交头接耳看笑话了。都闭嘴，别再多说了。
毛普莎	我说完了。来，你答应要给我买漂亮丝巾和香手套。
小丑	难道我没对你讲过，我在路上遭骗，钱也丢了么？
奥托吕科斯	是的，先生，到处都有骗子，连男人们都需当心才是。
小丑	老兄，别担心。在这儿，你不会丢东西的。
奥托吕科斯	但愿如此，先生，我身上可有许多值钱的东西呢。
小丑	你有些什么？歌谣么？
毛普莎	请你买几支吧，我喜欢印出来的歌谣。只有印出来，才可确知歌谣是真。
奥托吕科斯	有支哀伤的歌谣，讲一个放债人的老婆一胎生下二十个钱袋子，她想吃蛇头和打花刀后烤熟的蛤蟆肉。
毛普莎	你觉得真有这种事？
奥托吕科斯	真的，就一个月前的事。
多尔卡丝	老天保佑我别嫁给放债人！
奥托吕科斯	上头还有接生婆的名字呢，是一位长舌夫人[2]，还有五六位信得过的主妇在场。我干吗要到处胡说呢？
毛普莎	请你就买这支吧。
小丑	行，把它放一边。先看看还有什么别的歌谣，再买些别的东西。

1　原文为 placket，指女性裙子上或衬裙上的衩口，暗指阴道。

2　长舌夫人：原文为 Mistress Tale-porter，即善讲故事的人（tale-bearer），或者是提供阴道的人（bringer of tail/vagina），也就是老鸨。

奥托吕科斯	还有一支曲儿，讲的是四月第八十[1]日星期三这天，有一只鱼出现在水面上七万四千米[2]的海岸边，对着硬心肠的姑娘们唱这支曲儿。据说那鱼原是一女子，因不肯与爱她的人交欢，从而变成了一条冰凉的鱼。这曲儿十分凄凉，令人同情，而且千真万确。
多尔卡丝	你认为那也是真的么？
奥托吕科斯	五个法官调查过这件事，而且证人多得数不清呢。
小丑	也放一边，再来一支瞧瞧。
奥托吕科斯	这是一支欢快的曲儿，而且特别优美。
毛普莎	买几支欢快的曲儿。
奥托吕科斯	哈，这支就是极其欢快的曲儿，配的是"两个姑娘争风"的调子，西部一带的姑娘个个会唱这曲儿。告诉你们，销路好得很呢。
毛普莎	这个我们两个都会。如果你加入，我们就唱给你听，需要三个人唱。
多尔卡丝	我们一个月前就会了。
奥托吕科斯	我可以加入。要知道那是我的看家本领呢。开始吧。
	（三人唱起歌）
奥托吕科斯	你去吧，因为我必须走， 去哪里用不着你追究。
多尔卡丝	到哪里去？
毛普莎	啊，到哪里去？
多尔卡丝	到底到哪里去？

1　原文为 fourscore，即四乘以二十，故为"第八十"（eightieth）。

2　原文为 forty thousand fathom，即 40,000 英寻（测量水深的长度单位），等于 240,000 英尺，约 74,000 米。

毛普莎	您曾对我信誓旦旦，
	您的秘密需对我言。
多尔卡丝	我要去，您对我也有同样的誓言。
毛普莎	要去农舍还是磨坊？
多尔卡丝	无论去哪个，都不是好地方。
奥托吕科斯	都不是。
多尔卡丝	什么，都不是？
奥托吕科斯	都不是。
多尔卡丝	您曾发誓做我情郎。
毛普莎	您曾屡次发誓做我情郎。您
	究竟要去哪里？说，要去哪里？
小丑	这曲儿我们待会儿再唱。家父和那两位老爷在谈正经事，
	咱们别搅扰了他们。来，提着你的东西跟我来。两位大
	姐，我要给你们两个买。小贩，我们先挑挑。跟我来，
	姑娘们。

和毛普莎与多尔卡丝下

奥托吕科斯	你可要破费啦。

（歌曲，唱着跟在他们后面）

要不要买饰带，

或是买花边镶披肩，

我的小乖乖，我的好亲亲啊？

要不要买些丝线、棉线，

或是小玩意儿把头装扮，

我的货款式最新，质地最最好啊？

买流行找小贩。

爱管闲事的金钱。

凡有所需，就有所卖啊。

下

仆人上

仆人　　　　　主人，有三个赶车的，三个牧羊的，三个放牛的和三个
　　　　　　　　赶猪的，身上都披着毛皮，自称是萨堤[1]森林神。他们在
　　　　　　　　跳舞，姑娘们称之为胡蹦乱跳，因为无女人参与。但他
　　　　　　　　们自己却认为，只有那些只会滚木球的人才认为这舞粗
　　　　　　　　野，其实它是蛮有趣的。

牧人　　　　　走开！我们不看那种玩意儿。那种既低级又愚蠢的把戏
　　　　　　　　已嫌太多。我知道，先生，我们让你们感到厌烦了。

波力克希尼斯　你使那些想带给我们娱乐的人感到厌烦。请让我们见识
　　　　　　　　见识这三人一组的四班牧人吧。

仆人　　　　　先生，据他们自己说，其中一组还在国王面前表演过，
　　　　　　　　就连当中最差的一个也能跳到十二英尺半高。

牧人　　　　　别絮叨了。既然贵客们喜欢，就叫他们进来吧，但是要快。

仆人　　　　　是，主人，他们就在门口等着呢。（朝门口走去）

十二位装扮成萨堤的牧人跳舞

波力克希尼斯　（对牧人）啊，老丈，此事详情容我以后相告。——
　　　　　　　　（对卡密罗）这不是太过分了吗？该是分开他们的时候了。
　　　　　　　　这老丈纯朴无心机，已向我们透露太多。——
　　　　　　　　（对弗罗利泽）你好，仪表堂堂的牧羊哥儿！
　　　　　　　　你心中感情洋溢，
　　　　　　　　无心融入宴会。老实讲，我年轻时，
　　　　　　　　也似你那般为爱着迷，
　　　　　　　　常送给我的她示爱之礼。
　　　　　　　　我会买遍小贩囊中货物，
　　　　　　　　成堆成筐地请她笑纳。

1　萨堤：希腊神话中半人半羊的森林之神。

　　　　　　　可你却让他走了，未买一物。
　　　　　　　若是你心仪的姑娘错会了意，
　　　　　　　以为要么是你不爱她，
　　　　　　　要么是你心窄不大方，
　　　　　　　如果你还想得其芳心，那可就难说清了。
弗罗利泽　　老先生，我了解她非寻常女子，
　　　　　　　不看重无价值的小玩意儿。
　　　　　　　她期望我给她的礼物锁藏
　　　　　　　在我心，我已给予，只是
　　　　　　　尚未正式交付。啊，这位长者
　　　　　　　似曾恋爱过，就当着他的面，
　　　　　　　听我宣誓爱意。——
　　　　　　　（对潘狄塔）我握着你的手，
　　　　　　　你的手似鸽子茸毛般柔软洁白，
　　　　　　　洁白赛过黑人牙，
　　　　　　　像是北风簸扬过两次的精纯雪花。
　　　　　　　（牵她的手）
波力克希尼斯　还有下文吗？原本白皙的
　　　　　　　手，这位小哥似乎还想
　　　　　　　把它洗得更白！我打扰了
　　　　　　　你讲话，请继续你的爱情
　　　　　　　宣言，让我也听听你的告白。
弗罗利泽　　好，就请您为我做见证。
波力克希尼斯　让我旁边这位也一起见证吧？
弗罗利泽　　不仅他可以，其他人都可以，
　　　　　　　所有人，天地众神，均可做
　　　　　　　我的见证：即便我做了地位最高、

最杰出的国君，即便我是世间最
美貌的青年才俊，还有过人的
力量与知识，若是得不到她的爱情，
我都不看重；我拥有这一切全
是为了她，我要利用它们为她
效劳，否则宁愿把它们毁掉。

波力克希尼斯　说得妙极了。

卡密罗　这段感情坚贞可信赖。

牧人　可是，我的女儿，
你要对他说同样的话吗？

潘狄塔　我说得没这么好，说得差多了。
不，也不想说得更好。
通过用我的思想当参照，
自然能分辨出他话中的真假。

牧人　握手吧，这就算是约定！
还有，不相识的朋友们请做
见证：我把女儿许给他，而且
配上与他财产相当的嫁妆。

弗罗利泽　啊，你女儿的品德便是最好的
嫁妆。有个人过世后，我将拥
有的财富非你们所能想象，那时
会让你们惊诧不已。但是开始吧，
当着证人的面为我们订婚。

牧人　来，把手伸过来。
女儿，你也把手伸过来。

波力克希尼斯　且慢，小伙子。
请问，令尊安在否？

弗罗利泽　　　　安在。提他作甚？

波力克希尼斯　　此事令尊是否知道？

弗罗利泽　　　　他不知道，也不会知道。

波力克希尼斯　　据我所知，父亲可是儿子

　　　　　　　　婚礼上最该有的尊客。

　　　　　　　　再请问，令尊已经老悖无能了吗？

　　　　　　　　他是否年老昏聩？

　　　　　　　　他哑了吗？聋了吗？

　　　　　　　　还能识人吗？能处理

　　　　　　　　自己的财产吗？是卧床

　　　　　　　　不起了吗？还是患了痴呆，

　　　　　　　　只会做些幼稚的傻事？

弗罗利泽　　　　不，好先生。

　　　　　　　　家父身体康健，

　　　　　　　　比同龄人都更健朗。

波力克希尼斯　　凭我的花白胡须 [1]，如果令尊

　　　　　　　　果真身康体健，你这样做就

　　　　　　　　是大不孝。我认为儿子应当

　　　　　　　　选自己心仪的妻子，这无可

　　　　　　　　厚非；为父的唯一乐趣就是

　　　　　　　　期盼子孙孝顺兴旺，在这种

　　　　　　　　事情上参与意见，亦不可非议。

弗罗利泽　　　　这个我完全赞同。可是，

　　　　　　　　严肃先生，有一些别的

　　　　　　　　不便奉告的缘由，我不

1　波力克希尼斯乔装成了老年人。——译者附注

	曾让家父知道。
波力克希尼斯	告诉他吧。
弗罗利泽	不能告诉他。
波力克希尼斯	请让他知道。
弗罗利泽	不行，一定不能让他知道。
牧人	告诉他吧，孩子。知道你的 选择后，他决不会不中意的。
弗罗利泽	行了，行了，一定不能 让他知道。给我们订婚吧。
波力克希尼斯	（除去伪装）给你们离婚吧，好小子，我不敢 叫你儿子哪。你这么有失身份， 简直让人不敢相认。你堂堂 一王储，居然爱上骗人的牧家女！—— （对牧人）你这老逆贼，就算我把你吊死，也只能让 你少活一星期，这让我深以为恨。—— （对潘狄塔）还有你，狡猾老练的妖精，一定早知 下手对象是一位痴心的天潢贵胄。
牧人	啊，心痛啊！
波力克希尼斯	我要用荆棘毁了你的美颜， 使它比你的身份还要丑陋 低贱。——（对弗罗利泽）至于你，糊涂的孩子， 再不准看这妖精的脸，要是你敢 为此哀叹抱怨，我就把你从王位上 往下赶，不认你，和你父子关系永绝断， 还要把你摈出王族名单。听好我的话， 跟我回宫去。——（对牧人）你这个乡巴佬， 尽管惹得我非常生气，

这次暂且饶你不死。——（对潘狄塔）还有你，
勾魂妖精，——你配嫁牧人——对，
你也配得上我儿，要不是
有家世声誉，我儿还配不上你——
如果你胆敢再开柴门引他，
或是用你的拥抱勾引他，
我定会专门为你发明一种
你娇躯能承受的残酷死法。

（下）

潘狄塔　订婚毁了！尽管如此，我却并不
恐惧害怕。不止一次我想
坦率对他讲：太阳无私心，
凡事一视同仁，不管是
王宫庭院，还是乡村屋舍，
它都同样照射。——（对弗罗利泽）殿下，请
您走吧，好不好？我对您说过会有什么
后果，请多珍重。我的痴梦——
现已醒。我再不扮什么女王，
而是去挤奶来把哀泪隐藏。

卡密罗　嘿，怎么啦，老丈！
死之前说句话呀。

牧人　我不能说，不能去想，
也不敢知道我所知道的事。——
（对弗罗利泽）哎，殿下，你害惨了一位
八十三岁的老丈，他原想安静死去，
哎，咽气在家父去世的那张床上，
然后葬在家父正派的尸骨旁。可现在，
行刑的绞手替我把殓衣盖上，

把我的尸体放在牧师唾弃的地方。——
（对潘狄塔）呸，该死的孽障！明知他是王子，
还厚着脸想和他结为伉俪鸳鸯！
完了，完了！要是现在就死了，
倒算死得其时。   下

弗罗利泽 为何用这种眼神看我？我只觉
遗憾，却并不害怕。我受了阻挠，
可不改初衷。以前我一往情深，
现在依然感情炽烈。越是要棒打
鸳鸯，我越不甘心被人牵着鼻子走。

卡密罗 我的好殿下，您父亲的
脾气您是知道的。这种
时候他不许人劝谏——
我估计您也不想向他
解释——恐怕此时他亦
不想见你。所以，等他
气消了，您再去见他吧。

弗罗利泽 我不打算向他解释。
我想你是卡密罗吧？

卡密罗 （可去掉他的伪装）正是，殿下。

潘狄塔 我多次对你说过事情的结果
会这样！我也常说，事情一旦
败露，我将名誉扫地！

弗罗利泽 你绝不会名誉扫地，也不会丢脸，
除非我变了心食了言。若我食言，
就请苍天把地球两边挤碎压扁，
把万物毁灭。别伤心地把我看，

尽管父王要废黜我的王位继承权，
可我继续追求爱情的心永不变。

卡密罗　　　　要听劝。

弗罗利泽　　　我只听任爱情召唤。
如果说理性就是服从，我是理性的。
如果不是，我那喜爱疯狂的感观，
就会占上风。

卡密罗　　　　殿下，您这是胡来。

弗罗利泽　　　可以这样说，只有这样我才能践行
许下的誓言。我深信这是正确的。
卡密罗，就算把整个波希米亚给我，
以及其中的富贵荣华都给我，
甚至把所有受阳光普照、大地孕育、
深海蕴藏的一切都给我，我也不愿
违背对心爱之人许下的承诺。
你一直是我父亲最敬重的朋友，
我要把你拜托，当他发现我已出走时——
老实说，我准备好不再见他——
请你好好劝解安慰他。将来如何，
我自个儿去和命运交涉。
我不妨对你讲，你也可以这样转告他，
既然我们不能在国内结为鸳侣，
我将带着她到海外逃亡。
巧得很，恰有一艘船停靠在附近，
尽管原本不是为了这次计划。
至于我们将会去何方，你无须知道，
我亦不想对你讲。

卡密罗	哎，殿下，我希望您性情 温和，能接受别人的劝告， 或是出于需要，更加刚强。
弗罗利泽	听我说，潘狄塔。（拉她至一旁）—— （对卡密罗）我稍后与你讲。
卡密罗	（旁白）他心意已决，铁了心要 逃亡。如果我献计帮助 他，免得他们遭遇危险， 对他也算尽了关爱和忠诚 之意，顺便也有机会重见 思念已久的西西里亚和 不幸的国王，真是一举两得。
弗罗利泽	好卡密罗，现在，我有 许多棘手事要解决， 所以失礼了。
卡密罗	殿下，我想您听说过， 我曾为您父亲尽过 一些薄力吧？
弗罗利泽	您功劳甚大，每每 谈起您的义举，父王 便眉色飞扬，心神舒畅， 时常思索如何将你报答。
卡密罗	好，殿下，如果您乐意相信 我敬忠国王，且由此及彼， 也忠于他最亲近的人—— 就是殿下您，如果您那已决定 好的重大计划可略加调整，

就请接受我的安排。我以名誉发誓，
我建议您去一个地方，
在那里您会受到国王般的款待，
还可以和爱人共享欢乐。从她身上，
我看出无人能将你们拆散，
除非您遭遇毁灭，可这样的事老天不准！
那就娶她吧。您不在时，
我会尽全力劝解您那不满意的父王，
使他逐渐认可，再到同意接受。

弗罗利泽　卡密罗，这简直就像个
奇迹，可怎样才能办得到？
若事情成了，我要称呼
您超人，从此完全信赖您。

卡密罗　您可想好了
要去往何处？

弗罗利泽　还没有。因为事出突然，
所以我们的行动不免
鲁莽草率，前方是祸
是福，只有听天由命，
刮什么风，就到哪儿去。

卡密罗　那听我说。是这样的，
如果你们不改变计划，
决计出逃，就去西西里亚。
到那儿，您和您美丽的王妃——
我想她一定是的——去拜谒
里昂提斯，要把她打扮得
符合您妻子的身份。我想象得到

里昂提斯会伸出他宽宏的臂膀，
哭着迎接你们，就好像他是你父亲，
求做儿子的你原谅他；
吻您年轻貌美的王妃的手，一遍
一遍地述说他过去的残酷不仁
和现在的和蔼友善，前者他
极力诅咒，后者他愿迅速增长。

弗罗利泽　可敬的卡密罗，
我去拜谒他，
需用什么托词？

卡密罗　你受你父亲差遣，送去宽慰，
并前去问候请安。殿下，
拜谒时的举止礼仪，代表您
父王说的话——只有我们三人
才知道的事——我都给您写好；
在每个觐见场合需说什么话，
我都帮您备好。这样，他就
看不出破绽，反而相信您说的
是您父王的肺腑之言。

弗罗利泽　我非常感谢您。
您的计划可行。

卡密罗　这是一条更有希望的路，胜过
仓皇投身未知的海上之路。
到达陌生的异土，必然遭受
很多痛苦，无望无助，才脱险
又要受灾祸摆布，一切飘忽
不定，唯一确定的是你的船锚，

它们竭力扎稳扎牢，使你在
厌恶之地有所依靠。此外，
你应知道，能维系爱情的只有
财富，能改变爱情的鲜艳容貌
和它炽烈之心的是逆境困苦。

潘狄塔　　这话只说对了一半；我想
困苦会使容颜衰老，但要
征服人的内心，它却办不到。

卡密罗　　真的？你真这么说？
令尊家中，将难再有
你这样的子女了。

弗罗利泽　　我的好卡密罗，她虽
出身寒微，可教养高雅，
丝毫不比我们差。

卡密罗　　我不会因为她未受过
教育而惋惜，事实上她
比许多为人师者更像教师。

潘狄塔　　大人，您过奖了。得您
这番赞誉，我惭愧难当。

弗罗利泽　　我最最美丽的潘狄塔！唉，可惜
我们正处在荆棘丛生的人生路上！——
卡密罗，您之前救我父王，如今又
救我，您是我们家的良医。接下来
我们该怎么办？我的装束不是波希米亚
王储的样，到了西西里亚也还是不像。

卡密罗　　殿下，不必担心。
我想您也知道我的财产全在西西里亚。

我会设法为您准备得富丽堂皇，
仿佛您要演的这场戏是我本人
在扮演。殿下，为了证明您
什么都不缺，请借一步说话。（三人一旁交谈）

奥托吕科斯上

奥托吕科斯　哈哈！诚实是个大傻瓜！他的拜把兄弟——信任，也是头脑简单的笨蛋。我所有不值钱的玩意儿全卖光啦，没剩下假宝石，没剩下丝带、镜子、香囊、胸针、笔记本、歌谣、小刀、花边、手套、鞋带、手镯、牛角戒指，全卖完了，包中空空啦。他们争先恐后地抢着买，好像我卖的小玩意儿是神圣的，谁买了谁就会得福。借此机会，我搞清楚了谁的钱包最值得偷。凡我所见，都记在心里留备后用。那位乡巴佬，脑袋不灵光，对姑娘们的歌曲喜欢得不得了，他的两只蹄子站在那儿寸步不移，一直等到会哼调会唱词才罢休。因此，他把其余的牧人也吸引到了我身边；他们竖耳倾听，全神贯注，别的感觉全失灵。就算你扯拉女人内裙[1]，她们也不会有感觉；就算你把挂在男人裤裆前的钱袋剪下来[2]，也是轻而易举。我可以把挂在链子上的钥匙锉下来。他们听不见，感觉不到，只顾着听那位傻瓜唱歌，还对其中的废话啧啧称赞。因此，趁大伙儿神魂颠倒的时候，我连扒带剪，扒光了大部分来参加宴会赶热闹看稀奇的人的钱包。要不是那个老头子又喊又嚷地走过来，骂着他的女儿和国王的儿子，

1　双关语，有性暗示。
2　原文为 to geld a codpiece of a purse。15 和 16 世纪，西方流行一种紧身裤，其前部有一块下体盖片（codpiece），也叫遮阴袋，暗指男性生殖器。

把那些在打谷后啄糠壳的蠢鸟 [1] 吓跑，所有人钱袋里的钱
都会被我偷光光。（卡密罗、弗罗利泽与潘狄塔上前）

卡密罗	不，用这办法，我的亲笔书信可与 你们同时到达，可以澄清那个疑团。
弗罗利泽	你从国王里昂提斯那边得到的信件——
卡密罗	可使您父王心回意转。
潘狄塔	多谢您！您说的 都是些好办法。
卡密罗	（看见奥托吕科斯）这是谁呀？我们可以 利用利用他，凡对我们 有益者，就不要放过。
奥托吕科斯	（旁白）要是他们听到了我说的话，我就要上绞架。
卡密罗	干吗呢，好家伙？抖成这样，是干吗？伙计，我们不会 伤害你，别怕。
奥托吕科斯	我是个穷苦人，大人。
卡密罗	好，自个儿穷去吧。没人会偷你穷的名号。就你这身 破烂衣服，我们倒想和你做个交易，马上脱下你的衣 服——你要知道你非脱不可——和这位先生交换。尽管 在这场交换中，他吃了大亏，不过你拿去吧，而且还要 给你一些赏钱。（递过钱）
奥托吕科斯	大人，我很穷。——（旁白）我清楚你们的把戏。
卡密罗	喂，请你快点，这位先生快脱下来啦。
奥托吕科斯	你们可是玩真的，大人？（旁白）我感觉有鬼。
弗罗利泽	请你快点。

---

1 蠢鸟：原文为 choughs，本义指叽叽喳喳的雀鸟，这里用作双关语，指那些赶热闹看稀奇的
乡野村夫（chuffs）。

奥托吕科斯	老实讲，虽然我才得了钱，不过还是有点不相信哪。
卡密罗	快脱，快脱。（弗罗利泽和奥托吕科斯交换服装）
	幸运的姑娘——让我为你所作的预言
	实现！——你须先找个地方躲躲，
	拿你爱人的帽子去遮住你的
	额头，盖住你的脸，脱下
	外面的衣服，你原来的模样，
	尽量改变，那样你就能——
	我担心有人暗中监视——
	安然上船而不被发现。
潘狄塔	我明白这是什么戏了，
	我会好好把自己的角色扮演。
卡密罗	没其他法子呀。
	您装扮好了吗？
弗罗利泽	要是现在碰见父王，
	他也认不出我是他儿子。
卡密罗	不，帽子不能给您。（给潘狄塔帽子）给你，
	姑娘，来。我的朋友，再见。
奥托吕科斯	先生，再见。
弗罗利泽	噢，潘狄塔，我们两个忘了
	一件事！来跟你说句话。
卡密罗	（旁白）接下来要做的事就是去报告
	国王：他们出逃啦，以及
	要去的地方。我希望借此
	劝说国王追赶他们，好陪着
	他回去见见西西里亚，我渴望
	见到它的愿望势不可当。

弗罗利泽	祝愿我们成功！卡密罗， 我们就此告别，出发去海边。
卡密罗	夜长梦多，越快越好。　　卡密罗、弗罗利泽与潘狄塔下
奥托吕科斯	我听见了，明白是怎么一回事了。耳灵、眼尖、手快，扒手必备的看家本领。灵敏的嗅觉也是必需的，可以为其他器官嗅出些机会来，以便使用其他器官。我看这是不法分子得以发迹的好时机。就算没额外给钱，这笔交易也是多么合算。合算的交易外，还有这么一大笔钱。显然，今年天神冥冥之中在协助我们，使我们可以随心所欲地做事情。王子自己都在做不合法的事，身边带着累赘美人悄悄离开他父亲。我明知把这事报告国王是正确之举，我也不愿去做。我觉得，隐秘不报是非常缺德的勾当，不过却更加忠实于我这一行职业。

小丑与牧人上，携包扛担

	我暂避避，我暂避避。又来了宗显我身手的买卖。每一处街头巷尾，每一个店铺、教堂、法庭、刑场，都会给勤快精明的人显身手的机会。(他退至一旁)
小丑	瞧瞧！您现在到什么地步啦！没其他法子了，只有告诉国王她是捡来的孩子，不是您的亲骨肉。
牧人	不，听我说。
小丑	不，听我说。
牧人	行，你说吧。
小丑	她既然不是您亲生的，您亲生的就不曾得罪国王，因此也就不会受国王惩罚。把您在她身边发现的东西——那些秘密的东西——除她的随身之物外全部拿出来。这样，法律也奈何不了您，我向您保证。
牧人	我会把一切告诉国王，一字不漏，是的，还包括他儿子

	的胡闹。我可以说，他儿子对他和对我都不诚实，竟想让我做国王的亲家。

小丑　　　　不错。国王和您成为亲家是最不可能的事，您要真成为国王的亲家，除非您的血统非常金贵。

奥托吕科斯　（旁白）很对，蠢驴！

牧人　　　　好，我们去拜见国王。包里的有些东西要使他抓耳挠腮。

奥托吕科斯　（旁白）我不知道他们去诉苦，会对我那出逃的主人增加什么麻烦。

小丑　　　　但愿他就在宫里。

奥托吕科斯　（旁白）尽管我天生不是好人，但有时我会意外地做做好人。我把扮小贩的假胡子收起来。（撕掉假胡子）——怎么，乡下人！你们要上哪里去？

牧人　　　　不瞒您说，到宫里去。

奥托吕科斯　你们到那里有事么？什么事？去见谁？包里是什么，家住何处，姓氏，年龄，家业，出身，以及一切应该声明的事项，都给我一一说来。

小丑　　　　我们只不过是平常百姓，先生。

奥托吕科斯　胡说！你们须发满面，举止粗野。你们不要骗我，只有做买卖的人才会骗人，而且经常骗我们军人，可是我们却不给他们吃刀剑，反而为他们的谎言给他们钱，所以他们也不算欺骗我们。[1]

小丑　　　　要不是您及时改口，您差点儿就骗了我们[2]。

1　如果有人对军人说谎（lie），论理军人应以此为由向其提出决斗（duel）。这里的意思是：即使做买卖的人对军人说谎，因其出身卑下，军人也不会对其拔剑相向，而是给他们钱，因此做买卖的人就不能说自己说了谎，决斗也就得以避免。

2　原文为 to have given us one，即 to have given us the lie/a duel。奥托吕科斯先是说牧人和小丑"胡说"，如此一来他就应向二人提出决斗；但他后又改口说"不算欺骗"，这样他就无须决斗。

牧人	先生，请问您是朝廷里的官爷吗？
奥托吕科斯	不管像还是不像，我就是。就我这身衣服，你们还看不出我官气十足么？我走路的姿态没有做官的架势么？你们没闻出我身上的官味么？见你们身份低贱，我不是表现出了官家的鄙夷么？你们以为，只因我委婉地询问你们的底细，我便不是官了么？我是官，从头到脚都是。我可以在朝廷帮你们，也可参你们。所以，我命令你们从实招来。
牧人	大人，我要去见国王。
奥托吕科斯	你拿什么去孝敬他？
牧人	我不懂，请原谅。
小丑	（旁白。对牧人）孝敬物儿是个官场用语，指的是野鸡[1]。说你没有。
牧人	没有，大人。我没有野鸡，公的母的都没有。
奥托吕科斯	（旁白）幸好我们都不是头脑简单的糊涂虫！然而造物主很可能把我造得跟他们一样，因此，我不能蔑视他们。
小丑	（对牧人）这人一定是位大官。
牧人	他的服装虽然华丽，但他穿起来不太相称。
小丑	就因为古怪，他反而显得更加高贵。我保证他是位大人物，看他剔牙的样子我就知道。
奥托吕科斯	那边那个包袱呢？里面是什么？箱子里是什么？
牧人	大人，那包袱和箱子里藏有秘密，除了国王谁也不能知道。如果我见了国王，他立刻就可以知道。
奥托吕科斯	老大爷，你白忙活了。

1　野鸡：小丑没见过世面，也没去过王宫，唯一见过的是当地的法庭（court，既可指宫廷，也可指法庭），所以他误以为奥托吕科斯指的是用来贿赂法官的礼物。

牧人	何故，大人？
奥托吕科斯	国王不在宫里。他登上一艘新船出外兜风遣闷去了。要是你们也懂得正经事，就一定知道国王心里满是痛苦。
牧人	听人说过，大人。听说，他的儿子想要娶一个牧家女。
奥托吕科斯	如果那牧人还没有被抓进监牢，他最好赶快逃。否则，随之而来的咒骂和酷刑，会压断人的背膀，毁坏妖魔的心。
小丑	您这么想么，大人？
奥托吕科斯	不但他自己要大吃苦头被处以极刑，凡是和他有亲戚关系的，纵然隔了五十层，都要遭受绞刑。那固然让人非常同情，然而却是必要的。一个牧羊的贱老头儿，居然想把女儿嫁作王妃，高攀王室。有人说，该用石头砸死他；依我说，让他那样死是便宜了他。他把九五之尊拉到了羊圈里[1]？这简直是万死犹有余辜，极刑尚嫌太轻。
小丑	这老头子是不是有一个儿子，大人，您听说过么？您知道么，大人？
奥托吕科斯	他有个儿子，该被活剥皮，然后涂上蜜，放在黄蜂巢顶。等他八分是鬼两分是人时，用酒或别的热液体把他浇醒。然后，拣历书上预告最热的日子，让他露出一身生肉，靠着砖墙，让太阳从南面炙晒他，再看着他被苍蝇蛆啮噬而死。可是我们谈论这些叛逆的恶棍作甚？他们罪大恶极，吃苦受刑不正好遭人嗤笑？你们瞧上去似乎是正直良民，告诉我你们去见国王有何事。考虑到我在宫中吃得开，我可以带你们到国王船上去，引荐你们，悄悄替你们美言几句。除国王外，如果还有什么人能帮你们

---

1 指娶出身低微的牧家女做王妃玷污了王室声誉和血统。

实现愿望的话，那个人远在天边近在眼前。

小丑　　　　（对牧人）似乎他权势很大。和他密约，送他些金子。尽
　　　　　　管权势是只顽熊，但是金钱可以牵着它的鼻子走。把钱
　　　　　　袋里的金钱送到他手上，不要再犹豫了。记住"石头砸
　　　　　　死"和"活剥皮"的酷刑。

牧人　　　　大人，如果您肯替我们办这桩事，我把身上的金子给你。
　　　　　　（给金子）还可以给你更多，把这位年轻人留在这里做人
　　　　　　质，我回家给您取。

奥托吕科斯　等我帮你们办完事吗？

牧人　　　　是的，大人。

奥托吕科斯　（接过金子）好，先付一半。——（对小丑）这事也与你有关？

小丑　　　　有一点，大人。但我很冤，也不想为这事被剥皮。

奥托吕科斯　啊，那是牧人的儿子要受的刑，把他吊死，以儆效尤。

小丑　　　　（对牧人）振作，打起精神来！我们一定要去见国王，给
　　　　　　他看这些奇怪的东西。国王一定要知道她不是您的女儿，
　　　　　　也不是我的妹妹，否则我们死定了。大人，等事成之后，
　　　　　　这位老头子给你多少钱我就给你多少，而且按他说的，
　　　　　　在金子送来前，我做人质。

奥托吕科斯　我相信你们。你们先去海边，朝右走，我去方便一下，
　　　　　　随后就来。

小丑　　　　上天保佑我们遇到了他，可以说，还算运气好。

牧人　　　　我们照他的吩咐先走吧。他是老天爷派来帮我们的。

　　　　　　　　　　　　　　　　　　　　　　　　牧人与小丑下

奥托吕科斯　即使我有心做老实人，我认为命运之神也不会准许，还
　　　　　　会把横财往我嘴里送。现在，我又有了个一举两得的机
　　　　　　会，一是把金子弄到手，一是去向我的主人王子邀功。
　　　　　　谁知道我会不会因此得重用？我要把这两只瞎眼的耗子

带到他的船上去。如果他认为最好放他们回岸，他们去
向国王告发也没多大关系，那么就让他骂我是爱管闲事
的混蛋吧，反正我对那种骂名和与之相关的耻辱无动于
衷。我要领他们去见他，说不定会得些好处。　　　　下

第五幕

第一场 / 第十二景

西西里亚

里昂提斯、克里奥米尼斯、狄温、宝丽娜及众仆人上

克里奥米尼斯　陛下，您已经忏悔得够多，
　　　　　　就像圣徒一样忏悔。您早都
　　　　　　赎过了，无论是怎样的过错；
　　　　　　而且，您忍受痛苦、进行悔悟
　　　　　　时间已过，请按上天的旨意做：
　　　　　　忘记罪过，宽恕自我。

里昂提斯　　一想到她和她的美德，我便
　　　　　　无法忘记我所犯的罪过，时常
　　　　　　想起自己铸成的错。我有深重
　　　　　　罪恶，害我国家断了继嗣，
　　　　　　断了香火，最佳的伴侣也被
　　　　　　我亲手毁了，她可是天下
　　　　　　男人梦寐以求的。对么？

宝丽娜　　陛下，您说的话一点儿不错。
　　　　　　纵然您和世间女子挨个结合，
　　　　　　或是从活着的所有女子身上
　　　　　　提取优点美德再造一个，
　　　　　　也不及被您害死的那位。

里昂提斯　我也这样认为。被害死的？她被

我害死的？我是害死了她，但你说我害死
她的话触到了我的伤痛。你说的这句话
和我内心的想法一样刻毒。行了，行了，
你可以这么说，但要少说。

克里奥米尼斯　再也别说了，夫人。
合时宜的好话，你说
上千句万句不嫌够，
还证明你更仁慈宽厚。

宝丽娜　你就是那拨人中的一个，
巴不得国王再娶一个。

狄温　不希望他再娶，就是不为
国家着想，也不关心王室
血脉延续。你不想想，陛下
无子嗣会给国家造成什么危机
后果，以及那些彷徨失措、
焦急不安的臣子将要遭遇何种危险，
这样怎能让已故王后地下瞑目？
为了使国王心神恢复，为了
国家目前大局和今后大计，还有
什么比给国王枕旁再觅一位
如意伴侣更为神圣重要？

宝丽娜　与已故王后比，没人够格；
而且，天神们也决心要实现
他们的秘密意旨。神圣的
阿波罗不是已经在神谕里
说过，要他找回丢失
的孩子，以便他后继有人。

这种事情以我们凡人的常理
推想起来，犹如我的安提哥纳斯
死而复活，再回到我
身边一样不可能；我想，他
和孩子一定遭遇了不测。而你
却要国王违天意，逆天而行。——
（对里昂提斯）不要担心后嗣，您的江山社稷
定会有人继承。亚历山大大帝把
王位传给功德最著之人，因此，
他的继承人也是最贤者。

里昂提斯　　好宝丽娜，你一直惦记着
赫米温妮，我知道，还怀念
她的贤德——哎，我要早听你劝
就好，现在我就可以凝望
王后的盈盈双眸，也可以从她
唇上汲取甘露——

宝丽娜　　您享用后，它们还
可变得愈加丰润。

里昂提斯　　你言之有理。如此佳人实难再得，
我不再娶了。若娶个不如她的人，
却对之恩宠有加，会使她的圣洁
之魂重新附在其肉体上回到
这人生舞台——我等罪人所处之地，
满怀忧愤责问："为何欺我？"

宝丽娜　　如果有那种神力，
她很有可能会这么做。

里昂提斯　　她会的，还会引我

	杀死新娶的人。
宝丽娜	我也会这么做。
	如果我是那现形的鬼魂幽灵，
	我要叫您看着她的眼睛，告诉
	我您看中她眼中哪些呆滞的地方。
	我还要凄厉尖叫，震裂您的耳膜，
	然后我就说，"记住我的眼睛吧。"
里昂提斯	她的眼像星星，闪烁的星星！
	像无生气的乌煤的是其他人的眼睛。
	不要担心我会再娶。我不会，宝丽娜。
宝丽娜	您可愿发誓，
	不得我的许可，您永不再娶？
里昂提斯	永不，宝丽娜，所以请祝福我的灵魂！
宝丽娜	接下来，诸位大人，请为他的誓言做见证。
克里奥米尼斯	你对他苛求太过了。
宝丽娜	除非再有一个，长得和
	画像中的赫米温妮一样的人，
	出现在他眼前。
克里奥米尼斯	好夫人——
宝丽娜	我话已说完。不过，如果陛下要
	再娶——如果您要，陛下，我也
	没办法，只好由您——请让我
	给您选。虽然没有您先前那位
	年轻，但她有您前位王后的品质；
	就算已故王后的魂灵出现，看到
	她偎在您的怀里也会意满。
里昂提斯	我忠实的宝丽娜，你不

	让我再娶，我决不娶。
宝丽娜	在您前位 王后复活前， 您绝不能再娶。

一仆人[1]上

仆人	有个自称是波力克希尼斯之子， 名叫弗罗利泽的王子，带着他的王妃—— 一位我见过的最美的美人—— 要求觐谒陛下您。
里昂提斯	他带了哪些随从？他来得 没有他父亲那样的气派，缺乏 排场，又来得仓促，不像是 预先安排好的访谒，而像是 出于意外的需要。带了哪些扈从？
仆人	人很少，而且都是些 身份卑微的人。
里昂提斯	你说，他的妃子也来了？
仆人	是的。我认为，她是太阳底下， 最最完美的绝世美女。
宝丽娜	哎，赫米温妮，海水后浪推前浪， 新人总比旧人强，你这个墓中之人 不得不向眼前人退让！（对仆人）先生， 您曾说过，还亲手写下了诗行： "无论过去将来，她永远绝世无双。"

---

1 第一对开本中作 Servant（仆人），但从文意来看，此人显然是一位宫廷侍臣，曾写诗颂赞赫米温妮。

可如今，您写的赞美话比她的
尸体还更冷。您曾经那样歌颂她的美貌，
现在又说看到了一个更美的，
您的赞美消退得太快。

仆人　对不起，夫人。
那一位我几乎忘了——对不起
——要是您见了这位，您也会
赞不绝口。像她那样的人儿，
若是创立一个什么教派，会灭了
信徒信仰其他教派的热情，全都
皈依到她门下。

宝丽娜　什么？女人们不会爱她吧？

仆人　女人们爱她，因为她比任何
男人都更伟大；男人们爱她，
因为她是女人中独一无二的。

里昂提斯　你去，克里奥米尼斯。由你
受人尊敬的朋友们帮着，你去把
他们迎进来。——（对宝丽娜）不过，他这样
不声不响地来，我总觉得奇怪。　克里奥米尼斯及余人下

宝丽娜　如果我们的王子——孩子中的
佼佼者——现在还活着，
他和这位王子正好成为一对好友，
他们的生日相差不到一个月。

里昂提斯　请别说了，住嘴。你知道，提及
他等于是要我再看他死一回。在我
召见这位公子时，你的这番话定会
让我想起那些可以使我发狂的往事。

他们来了。

克里奥米尼斯及余人偕同弗罗利泽、潘狄塔上

（对弗罗利泽）你的母后是位最忠贞的贤妇，

王子，她在怀你时，把你父王的

样貌完全印在了你的身上。但愿我

也是二十一岁，你的相貌和你父王

一个样，神情也特别像，我应该唤你

王弟，就像以前我称呼你父王，谈论

我们小时候一起干的荒唐事。非常

欢迎！还有你美丽的妃子——女神！

——啊！唉！我失去了一双儿女，

他们本可以挺立于天地间，

像你们这对佳偶这样受到万人敬仰。

后来，我又失去了——全怪我愚昧

——你英勇父王的陪伴，以及

他的友谊。虽然悲伤痛苦，我愿苟延

余生，就盼望哪天能和他再相见。

弗罗利泽　　　我奉了他的命令来到西西里亚，

并代他向您致以一个国王对

他好友般的兄弟所要表达的问候；

若不是因为年老多病，

力不从心，

他会亲自跋山涉水，

跨越两国间的遥远疆域，

来拜望您；他对您的敬爱——

他叫我一定这样说——

远胜于对其他在世的国王。

里昂提斯　啊！我的王兄——真是个

君子！——我对你犯下的错，

在我内心重新搅扰翻动。

你的盛意这样殷勤，愈发

显得我对你倦怠疏忽。欢迎

到来，就像大地欢迎春的到来。

他居然还让这位绝世美人也冒着

海神[1]虎威，至少也是舟车劳顿，

前来问候一个她不必费神的人，

而且还冒着性命之危。

弗罗利泽　伟大的陛下，

她来自利比亚[2]。

里昂提斯　是那位令人敬畏的、骁勇善战的

斯曼勒斯[3]国王的地方吗？

弗罗利泽　尊贵的国王陛下，正是从那地方来的。

临行前，他挥泪向她道别，

足以证明她便是他的女儿。

从利比亚，我们借着善意有力的南风，

渡过海，去执行我父王交付

给我的使命，前来拜谒陛下您。

在贵邦海岸边我遣走了亲信扈从，

他们正驶回波希米亚，回去不仅

要禀复我利比亚之行顺利，还要

1　海神：罗马神话中的海神涅普顿。

2　虚构的地方，与当今的利比亚或许不是同一个地方。——译者附注

3　虚构的人物，不可考。

	禀复我与王妃已平安到达此地。
里昂提斯	在你们做客期间，愿神圣的
	天神让这里的空气清洁干净！
	你父王德高望重，心地宽厚贤良。
	我对他做了伤天害理的事，
	连老天爷都震怒无比，罚我
	无子无嗣，他却不怀恨计较；
	你父王仁德有报，得天行赏，
	赐他你这样一个好儿子。
	若我眼前有儿女一双，
	也像你们一般俊美恭顺，
	我该有多么幸福！

一大臣上

大臣	国王陛下，倘不是证据
	就在眼前，我将要向您
	报告之事，恐难令您相信。
	波希米亚王亲自叫我代他
	向您致意，希望您逮捕他的
	儿子；他抛弃了尊严和责任，
	撇下父亲，舍弃前途，
	和一位牧家女潜逃出走。
里昂提斯	波希米亚王在哪里？说呀。
大臣	就在您这城里。我刚从他
	那儿来。我的话令人不可思议，
	我亦惊讶不已，但千真万确。
	他匆匆忙忙赶来，似乎是要追拿
	这对佳偶；路上，他又碰到了

　　　　　　　这位假冒小姐的父亲和兄长，
　　　　　　　他们两个也跟着这位年轻的
　　　　　　　王子一起出逃了。

弗罗利泽　　卡密罗出卖了我。在这
　　　　　　　之前，他的名誉和忠诚
　　　　　　　一直禁得起一切考验。

大臣　　　　你可以这样谴责他；
　　　　　　　他陪你父王一起来的。

里昂提斯　谁？卡密罗吗？

大臣　　　　卡密罗，陛下。我和他说过话，
　　　　　　　他现在在盘问那两个可怜虫。
　　　　　　　我从未见人那样害怕颤抖。
　　　　　　　他们跪着，头着地，赌咒发誓，
　　　　　　　开口求饶。波希米亚王充耳不闻，
　　　　　　　还威胁要用各种酷刑处死他们。

潘狄塔　　啊，我可怜的父亲！
　　　　　　　上天差了密探追踪我们，
　　　　　　　不愿我们缔结良缘。

里昂提斯　你们结了吗？

弗罗利泽　　没有，陛下，恐怕也结不了了，
　　　　　　　就像星辰不能与大地同栖。
　　　　　　　时运天命不分身份高低。

里昂提斯　贤侄，她真是
　　　　　　　国王之女吗？

弗罗利泽　　她便是，
　　　　　　　一旦和我成亲做了我的妻。

里昂提斯　见你父王这般急匆匆赶来，

你那"一旦"怕要慢慢地等哦。
我同情你，非常同情，你背弃
子道，失了他的欢心；还同情
你相中之人的门第与美貌不相称，
难结为连理。

弗罗利泽　　（对潘狄塔）亲爱的，别心灰。虽然命运
女神与我们作对，随父王一起
追赶我们，但她改变不了
我们的爱情一毫一分。陛下，
请您回想当年，跟我年纪相仿时，
想想这种爱情的滋味。请您站出来
为我说句话，只要您有求，再宝贵的
我父王都会当作戋戋微物送给您。

里昂提斯　　如果真是这样，我要向他讨要你
这位美人，他一定看作戋戋微物。

宝丽娜　　国王陛下，您眼里的
青春活力未免太过，
在您王后死前不足一月，
她更值得您这样好好注视。

里昂提斯　　我心里想起了她，当我这样
注视时。——（对弗罗利泽）你的请求我还
没答应。我会去见你的父王。
只要你的欲望未曾坏了你的荣誉，
我就可以帮你实现愿望。
我现在就为这事去见你父王，
随我去，去看看我会怎么做吧。走，贤侄。　　众人下

第二场 / 第十三景

奥托吕科斯与一侍臣上

奥托吕科斯 　先生，请问他们交代时您也在场吗？

侍臣甲 　打开包袱时我在，还听到了那老牧人讲述他是如何捡到的。于是，一阵惊讶过后，我们都奉命退出宫外。我好像听到那牧人说，是他发现那孩子的。

奥托吕科斯 　我特别想知道下文如何。

侍臣甲 　我也只知道一些零星内容。不过，我察觉到，当时国王和卡密罗脸上的表情十分诧异，他们瞪着眼面面相觑，惊讶得几乎要把眼睑瞪破似的；他们静默，似有千言万语，动作中又蕴含了无尽的含义；他们看上去仿佛听到了一个世界获救或是一个世界毁灭的消息，脸上表现出了明显的惊讶之情。不过，就算是最敏锐的观察者，如果不明就里，只看表面，也难辨别出那表情究竟是喜悦还是伤悲，但不是极度欢喜，便是极度伤心。

另一侍臣上

　　　来了位先生，他也许知道得更多。有什么消息，洛哲罗？

侍臣乙 　是值得庆贺的大喜事。神谕已经应验，国王的女儿已被找回。短短的一小时内，发生了这么多奇异事，恐怕编歌谣的人都编不出来。

又一侍臣上

　　　宝丽娜夫人的管家来啦，他可以告诉你更多消息。现在的情况如何了，先生？这个消息真实，却极像一个古老的传奇，令人难以置信。国王找到他的后嗣了？

侍臣丙	如果证据能证明真相，这是千真万确的事，简直就像是亲眼目睹的，证据凿凿，真实可信。赫米温妮王后的披风，套在孩子颈上王后的宝石，与孩子一起被发现的安提哥纳斯的信，说是他亲笔写的。那女子面容华贵，极似其母亲，天生的高贵气质不像是小户人家之女，还有许多别的证据可以证实她确是国王的女儿。你们看到两个国王会面的情形了吗？
侍臣乙	没有。
侍臣丙	那你们可错过了一场只可眼见不可言述的情景。你可以看到，喜事连连使得他们两个悲喜交集，老泪纵横，又哭又笑，泪光里透射出无比的欢喜；他们瞪着眼，紧握着手，神情激昂狂喜，要是不看他们身上的服装，光看面貌，简直都快认不出了。我们国王因为找回了女儿而欣喜若狂，随后又乐极生悲，大喊道："啊，你的母后呀，你的母后呀！"之后，他先向波希米亚王求恕，然后拥抱女婿，最后又搂着女儿不放。不一会儿，他又向老牧人道谢；那牧人站在一旁，泪流满面，像一池历经好几个朝代饱经风霜的喷泉。我从不曾听说这样的遭遇，当时的情景无法言说，亦无法形容。
侍臣乙	请问，那个把孩子送出宫廷的安提哥纳斯下落如何？
侍臣丙	也像个荒诞不经的传奇，让人说不尽，虽然没人相信，也没人爱听。"他被熊撕碎了"，牧人的儿子亲口所说。他人老实，傻乎乎的，不像是个会说谎的人；况且还有安提哥纳斯的一条手帕和几个戒指，宝丽娜都认得。
侍臣甲	那他坐的船与随行人员呢？
侍臣丙	在主人送命的同时，船失事，船上的人全没了，是牧人亲眼所见。因此，凡参与遗弃那孩子的人与物，都在孩

子被人发现时毁灭了。可是，唉！宝丽娜心里悲喜交加，她的双眼因丈夫之死而黯然低垂，又因神谕应验而欣然昂举。她把公主抱了起来，紧紧地拥在怀里，似乎是要把她拴在心上，生怕再失去。

侍臣甲　　这出壮烈凄婉的戏值得君主王子们观赏，因为扮演者都是高贵的人。

侍臣丙　　其中最精彩的便是国王述说王后死去的一幕。那是最钓我眼球的一幕——钓的不是鱼，而是唤起了我感动的泪水。国王心中满是悲痛悔恨，勇敢地承认了自己铸成的大错，他的女儿细心聆听着。听着听着，她越来越悲痛，最后"啊呀"一声哀叹。我觉得，她是迸出了血泪，因为我的心都在淌血。在场的即便是最铁石心肠的人也无不为之动容，有的还晕了过去，全都很伤心；要是全世界的人都能见着，定会普天同悲。

侍臣甲　　他们回宫了吗？

侍臣丙　　没有。公主听说宝丽娜保存有她母后的雕像。那座雕像是意大利杰出大师朱里奥·罗马诺[1]多年的心血，最近才完成。若这位大师可永生，且能赋予所雕之像以生命，那么这雕像足可以假乱真，因为大师的手艺巧夺天工。他雕的赫米温妮非常逼真，据说人们见了都会和雕像说话，还会站着等她回答。他们满怀热望前去，并且预备在那儿用晚餐。

侍臣乙　　我就猜到她在那里做一些重大的事情。自王后死后，她每天总要独自去那间隐僻的屋子两三次。我们也到那里去凑凑热闹吧？

1　意大利画家，因其色情作品而声名狼藉，死于 1546 年。

侍臣甲　能有机会谁不愿意去？一眨眼工夫，就会有新奇事儿，我们不在就不会知道发生的事情。走吧。　　　　众侍臣下

奥托吕科斯　若我过去没有坏名声，现在升官发财就有机会。我把那老头儿和他儿子带到了王子船上，禀告王子他们谈到了一个包袱，可惜我不清楚是什么东西。不过那时，他太爱牧人的女儿了，也认定她就是牧人的女儿。她还晕船，晕得又很厉害，加之王子自己也有点晕船，恶劣的天气又持续不止，所以没人去注意这个秘密。不过那对于我反正是一样的，因为纵然是我发现了这个秘密，可我劣迹太多，人家也不见得赏识我。

牧人与小丑上

　　来了两个我无意中帮了忙的人，表现出交好运飞黄腾达的神气。

牧人　过来，儿子。我是无法再生儿育女，不过将来你的儿女一生下来便是有身份的人。

小丑　你来得正好，先生。前些天，你因我出身不好还不肯和我决斗[1]。瞧见我这身衣服了吗？你要说你没看见，仍旧以为我不是上等人。你最好说这身衣服不是上等人穿的。你来羞辱我吧，来呀，我好让你知道我是不是上等人。

奥托吕科斯　我知道你现在是上等人了，大人。

小丑　对，我至少做了四个钟头的上等人了。

牧人　我也是，孩子。

小丑　你也是的。不过我比我父亲先成为上等人，因为国王的儿子握着我的手，称呼我内兄；然后，两个国王把我父亲叫作亲家；接着，我那王子妹夫和我妹妹把我父亲称

1　此处请参看第四幕第四场中奥托吕科斯假扮军人诓骗牧人与小丑的情节。——译者附注

作父亲。于是我们哭了，那是我们第一次流下上等人的眼泪。

牧人　　儿子，我们要继续活下去，流许许多多上等人的眼泪。

小丑　　是的，否则运气太背，我们现在富贵发达了。

奥托吕科斯　　我谦恭地请求您，大人，饶恕我以前冒犯您的地方，请您务必在殿下面前帮我多美言几句。

牧人　　儿子，就帮他一下吧。我们现在是上等人了，对人得宽宏大量。

小丑　　你可愿意改过自新？

奥托吕科斯　　愿意，回大人的话。

小丑　　咱们握个手。我会向王子发誓说，你是全波希米亚最诚实的人。

牧人　　你这样说说无妨，不过用不着发誓。

小丑　　不发誓，我还是个上等人吗？让那些庄稼汉、地位低下的地主去空口说白话吧，我是要发誓的。

牧人　　如果是假的呢，儿子？

小丑　　无论有多假，一个真正的上等人会为了朋友发誓。我会去对王子发誓说：你勇敢，而且不醉酒。但是，我知道，你并不勇敢，而且也爱醉酒，可是我仍要发誓，因为我希望你成为勇敢的人。

奥托吕科斯　　我会竭力成为那样的人，大人。

小丑　　这就对了，一定要做一条好汉。你不勇敢，又怎么敢醉酒，要是我不对此感到怀疑，你就别信任我。听！二位国王还有王子，我们的亲戚，要去看王后的雕像。走，跟我们去，我们会是你的好主人。　　　　　　　众人下

第三场 / 第十四景

里昂提斯、波力克希尼斯、弗罗利泽、潘狄塔、卡密罗、宝丽娜、众大臣及侍从上

里昂提斯　啊！可敬善良的宝丽娜，
　　　　　　你给我的安慰很大！

宝丽娜　　国王陛下，尽管我有很多事
　　　　　　做得不好，但我是尽了心也
　　　　　　尽了力。一切微劳您都酬谢了，
　　　　　　但今天蒙您赏脸，同您王兄与
　　　　　　已缔结良缘的王位继承人光临
　　　　　　寒舍，真是额外的恩典，我将
　　　　　　毕生难以回报。

里昂提斯　啊，宝丽娜，我们来给你
　　　　　　添麻烦了。不过，我们是
　　　　　　来看王后的雕像。贵室我
　　　　　　早已见识过，其间珍品琳琅
　　　　　　满目，令人不禁叹赏，可我
　　　　　　女儿特意来瞻仰的对象——
　　　　　　她母后的雕像，我们也未曾瞻仰。

宝丽娜　　活着时她绝世无双，我深信，
　　　　　　她死后的遗像应胜过你们眼中
　　　　　　所见过，或人手所曾制作的一切，
　　　　　　因此我将其单独置放。
　　　　　　在这里，准备好观看一件逼真的雕像，
　　　　　　如此惟妙惟肖，犹如睡梦中的死亡。

看，惊叹这一杰作吧。

（宝丽娜拉开帷幕，亭亭如雕塑的赫米温妮赫然呈现）

我喜欢你们的沉默，沉默更说明你们

很惊讶，不过，还是说说你们的感想。

您先来，陛下，像不像？

里昂提斯 她特有的仪态！责骂我吧，

亲爱的石像，好让我相信，

你就是赫米温妮。或者说，

你不骂我，我觉得你才更像，

因为她总是那么温柔贤良。

可是，宝丽娜，不该有那么多皱纹

出现在她脸上，容颜也不该这般年老苍黄。

波力克希尼斯 是啊，不该有这么老。

宝丽娜 这更体现了雕刻家技艺高超，

他让十六年光阴度过，雕出了

她活到现在的模样。

里昂提斯 她本可以给我许多安慰，

可现在我的心如刀割般苦痛。

哎！想当初，我向她求婚时，

她也是这样，亭亭玉立，

庄严又温暖，生命里透着勃勃生机；

而如今，冰冷石像映我惭愧内心，

指责我铁石心肠，比石头更无情！

啊！高贵的杰作，你庄严中有魔力，

唤起了我对过去罪恶的回忆，

夺去了你令人仰慕的女儿之魂，

化为石与你并立。

潘狄塔	请准许我，不要误以为是 迷信，我要跪下来求她 祝福。——（跪在雕像前）夫人，亲爱的母后， 我刚出生您便香消玉殒， 请让我吻一吻您的手。
宝丽娜	（不让潘狄塔触碰）啊，等一下！色彩 刚上好，犹未干。（潘狄塔起身？）
卡密罗	陛下，您的悲伤太过沉重， 十六个寒冬吹不散， 十六个酷夏晒不干。 少有欢乐会持续这样长久， 未有悲伤不很快消散而长停留。
波力克希尼斯	亲爱的王兄， 让那个惹起这场惨剧之人， 卸去你的一部分悲痛， 勇敢承担以便补过。
宝丽娜	真的，陛下，要是我知道， 看见这个可怜雕像，您会 感动心痛——因为石像属 我所有——我就不会给您看。
里昂提斯	不要拉上帷幕。
宝丽娜	您不要再凝视注目，以免您 浮想联翩，认为她真的会动。
里昂提斯	别动，别动！难道我也死了， 不然我觉得她已经要—— 是什么人雕成的？——看， 王弟！你不觉得她呼吸了吗？

而且血管里真有血？

波力克希尼斯 雕得太逼真了！她唇上
似乎有温暖的生命气息。

里昂提斯 眼光固定的眼睛似在转动，
好像我们遭了艺术的戏弄。

宝丽娜 我要拉上帷幕，
陛下如此着迷，
会认为她有生命。

里昂提斯 啊，好宝丽娜，让我这样痴想
二十年吧！世上冷静的头脑要有
这种疯狂的乐趣，很难。
别拉上。

宝丽娜 陛下，扰乱了您的心，我很抱歉。
可是我可能会使您更痛苦。

里昂提斯 请吧，宝丽娜。因为这种
痛苦的味道如同滋补的
抚慰般甘甜。还有，我觉
得她好像在呼气，什么神奇的
凿子可以凿出气息？
不要嘲笑我，我要吻她。

宝丽娜 好陛下，不可以；她唇上的
红彩未干，若是吻了，会把
它弄坏，油彩还会污了您的嘴。
我可以拉上帷幕吗？

里昂提斯 别，这二十年都别拉上。

潘狄塔 我也要在她旁边，
看上二十年。

宝丽娜	都不行。快快离开这间 礼拜堂，要不然会见到 更多令人惊诧的事。若 你们敢看，我可让石像 真动，甚至走下来，和你们 握手，不过那时你们会以为 我有妖术相助，那我可不承认。
里昂提斯	凡是她做的，我都愿意看； 凡是她讲的，我都愿意听。 倘若能让她动， 让她说话也就不难。
宝丽娜	你们需唤醒信念， 然后静立。丑话说在前： 那些认为我在行妖术的人， 请出去。
里昂提斯	开始吧， 都不许动。
宝丽娜	音乐，奏起来，唤醒她！（音乐起）是时候了， （对赫米温妮）下来吧，别再做石像了，过来， 让观看的人惊讶。来，我让你复活。 动一动，还要走下来，你从死亡之神 手里赎回了生命，把僵硬麻木交还他。—— 你们看，她动了。（赫米温妮走下来）别怕。我已说过 我使的是魔术而非邪术，她的行动 也是圣洁的。不要躲开她，除非你 要见她再次死去；躲开她等于是 第二次要了她的命。不，伸出您的手。

她年轻时，您追求她，如今她老了，
要她主动来牵您的手吗？

里昂提斯　（触摸她）啊，她是温暖的！如果
这是魔术，就让它成为
和吃饭一样合法的技艺。

波力克希尼斯　她拥抱了他。

卡密罗　她拥着他的脖子。她若
真的复活了，请她说说话。

波力克希尼斯　对，请她讲讲她一直住在哪里，
或者如何死而复生。

宝丽娜　若我告诉你们她还活着，一定
会被斥为无稽之谈。尽管尚未
开口说话，她是活生生的，这点
很显然。许你们再把她仔细看。——
（对潘狄塔）请过来，公主，跪下求你母后的
祝福吧。——（对赫米温妮）转过来，夫人，我们的
潘狄塔找到了。

赫米温妮　神啊，请往人间看！请从
圣瓶中泼洒福泽于我女儿！——
告诉我，我的心肝，你在
哪里遇救？住在哪里？以及
如何来到了你父王的宫殿？
从宝丽娜口中，我知道了神谕
内容，说你有希望存活，为了
见你，方才苟且偷生到当前。

宝丽娜　那些心酸事，以后再说，
免得在这个重要时刻，大家

各有故事要讲，害时间骤过，
反使你们兴致萧索。都走吧，
你们个个欢喜，团团圆圆。
我呢，是斑鸠[1]暮年，只有择一
枯枝，哀悼至死，以便去见我那
滞留阴间永不再回的老伴。

里昂提斯　啊，宝丽娜，不要悲伤！
你得允许我为你找位情郎，
就像当初我需得你允许，才能再娶。
这是我们发过誓的约定。你已助我
找回我的妻，但是如何找回的，
我还要追问，因为我是亲眼见她死去，
也曾多次在她墓前徒然哀祭。
无须远求即可为你寻得一如意郎君，
这个人的心意我已猜透几分。——
过来，卡密罗，牵着她的手；
他的品行四海闻名，
这点我们两个国王可以证明。——走吧。——
（对赫米温妮）怎么？看看我的王兄。——
（对波力克希尼斯与赫米温妮）我恳求
你们的宽恕。你二人神情圣洁，
而我却在其间加上了恶毒的猜忌。
他是你的女婿，上天安排这位国王的儿子
与你女儿喜结良缘。——
好宝丽娜，给我们带路，

1　斑鸠：终身忠于配偶的禽鸟。

找个地方我们叙旧畅谈
这许多年来的契阔。
快，给我们带路吧。　　　　　　　　众人下